念远怀人 著

蚩尤

之 冲天一怒

北京联合出版公司
Beijing United Publishing Co.,Ltd.

图书在版编目（CIP）数据

蚩尤之冲天一怒 / 念远怀人著. — 北京：北京联合出版公司，2020.10
ISBN 978-7-5596-4527-2

Ⅰ. ①蚩⋯ Ⅱ. ①念⋯ Ⅲ. ①中篇小说－中国－当代 Ⅳ. ① I247.5

中国版本图书馆CIP数据核字（2020）第 160768 号

蚩尤之冲天一怒

作　　者：念远怀人
出 品 人：赵红仕
责任编辑：徐　樟
特约编辑：田　源
装帧设计：與書工作室
内文排版：苏　玥

北京联合出版公司出版
（北京市西城区德外大街83号楼9层　100088）
北京联合天畅文化传播公司发行
北京美图印务有限公司印刷　新华书店经销
字数63千字　787毫米×1092毫米　1/32　5.25印张
2020年10月第1版　2020年10月第1次印刷
ISBN 978-7-5596-4527-2
定价：42.00元

版权所有，侵权必究
未经许可，不得以任何方式复制或抄袭本书部分或全部内容
本书若有质量问题，请与本公司图书销售中心联系调换。电话：（010）64258472-800

蚩尤

神农

丽娱

轩辕

女娃公主

夸父

妭

九天玄女

目录

楔　子	…………	1
第一章	**阪泉选婿** …………	3
第二章	**神力觉醒** …………	11
第三章	**女妭降生** …………	23
第四章	**亲人决裂** …………	33
第五章	**征战四方** …………	43
第六章	**兄妹为敌** …………	55
第七章	**女娃沉海** …………	65
第八章	**愤怒之子** …………	75
第九章	**魔神归位** …………	83
第十章	**战神崛起** …………	91
第十一章	**九黎乱德** …………	107
第十二章	**逐鹿之野** …………	117
第十三章	**旱魃止雨** …………	127
第十四章	**兵主陨落** …………	141
第十五章	**铜鼎生烟** …………	153

楔子

神农氏炎帝是天地人神的共主,那是一个黄金时代,很长,很美好。

炎帝终有老了的一天。炎帝因为常年尝百草,毒性益深,长期卧榻静养,神志时有不清。人越来越多,资源地势却有良莠,部族间难免生出许多磕碰来。诸侯纷起,再没人管束。炎帝的女儿丽娱站了出来,她昭告天下,要在诸侯首领间的青年才俊中寻找夫婿。于是天地间的人族才俊聚集到炎帝的居所——阪泉之宫。

第一章

阪泉选婿

阪泉之宫很久没有这么热闹了。

阪泉之宫地势很高，是汉山之巅上矗立的一座圆形宫殿。宫殿门前是一座方形广场，广场的中心，有一汪日夜喷薄拱动的涌泉，就叫阪泉。阪泉之水流过广场，在山崖边倾泻而下，形成百丈飞瀑，水雾蒸腾，映出长虹。

广场上聚满了人，人的头上穿梭着凤鸾青鸟，仙乐般地鸣叫。因为炎帝的长女丽娱，正在公开征选她的夫婿。丽娱不仅美丽，还发明了烹饪。成为丽娱的丈夫，不仅是炎帝潜在的继承者，还能日日吃到天地间最好的美食。

求婚者都身份高贵，挨个在殿前卖力表白，表演自己的神力。咸鸟氏首领看着高瘦乌黑，却化身为一只四翅九尾的巨鸟；穷桑氏首领俊朗非凡，可让百花开启，千树舞动；元鼋氏首领好似矮小，却幻化出一个巨龟，龟背大得几乎能盖住整个广场。

丽娱端坐在殿前的高台上，保持着温柔礼貌的笑意，时而转转脸，轻轻抚一下缩在身后的幼弟蚩尤的头。

蚩尤只有五六岁的样子，比起同龄的孩子更苍白矮小。他脑袋很大,一双眼睛又大又黑,惊恐地躲在姐姐的身后,看着人头涌涌的广场及盛大的求婚表演。

蚩尤出生时,也曾万众瞩目。天上龙凤呈祥,地上龙凤胎降世。与蚩尤同胎出生的,还有妹妹女娲。女娲明显没有获得重视,出生没多久就被炎帝送离了阪泉之宫,给远方深山里的巨人夸父族去抚养。

当时四民唱颂,赞美炎帝获得了一个儿子,一个当然的继承者。但蚩尤长到了现在,都不会说话……天地间渐渐都知道了,炎帝的儿子是个傻子。

倒是有关女娲的传说越来越多,说女娲出生七日就会说话,在夸父族人见人爱……漂亮、灵动、活泼,好似吸取了双胞胎所有的聪慧和优点。

蚩尤相反,他孤僻、胆怯、混沌,几乎害怕所有人,只有父亲和姐姐能让他安心。但炎帝在他出生后就病了,都是丽娱在养育他。

蚩尤紧抓着姐姐的裙摆,不再惊慌,慢慢地安静下来。

丽娱爱怜地看着弟弟,弟弟正望着广场出神。那双又大又混沌的深眸中映出一个头戴着平顶帽子的青年。

有熊氏的青年首领轩辕，是三十六个求婚者之一。他本不想来，是被自己的好朋友风后硬扯来的。

风后据说是伏羲氏的后人，他精通卜算八卦，是个年轻的巫师，身上挂满了兽牙、龟甲等饰物，走起来叮叮当当的。他游说轩辕一定得来。炎帝近年多病，处理天地间的争端，多是丽娱代劳，诸侯多有抱怨，认为被女人治理有那么点名不正而言不顺……在炎帝的儿子是个傻子的情况下，长女丽娱嫁给谁，谁就可能是天地共主的继承人。

"可是我不想当什么天地共主，"轩辕摊手道，"我只想管好自己的部落。"

"天下变了，人心也变了。你身边的其他部落都在相互觊觎，相互争斗，你只管好自己也没用啊？你不惹他们，他们也会来抢你。"风后大摇其头。

轩辕也大摇其头，然后不得不扶了扶自己的平顶帽子，"如今怎么变成这样了？守规矩的人倒是吃亏的？"

"所以你得要有志气些，扶正这个天下，才能治好自己的部落。"

"怎么才能扶正天下？"

"去把最会做饭的丽娱公主娶来。"

轩辕果真发现自己没有白来。他作为入选的求婚者，站在广场的前排，看高台上的丽娱公主格外清晰。没想到这两年代炎帝治理天地的公主，自选夫婿，仰俯间不愧不怍，长得也如此温婉鲜妍，眉眼间似有种淡淡的忧悒。

她扫了一眼过来，轩辕和所有入选的求婚者一样，心思开始恍惚，觉得她在望向自己，又像是目光穿过了自己，望着天地交接之处……她肩头停着一只通红的朱雀，在一身素色里，就像唯一耀亮的饰物。

只那一眼，轩辕觉得自己恋爱了。

轮到轩辕上场了。轩辕没有念朋友风后已经叫他背熟的自我夸耀，也没有化身为有熊氏的图腾灵兽——大熊。他从包袱里倒出许多木件，快速地装配出一辆推车来，在广场上小跑着推了一圈。

众人哄笑起来，一旁的穷桑氏讥讽道："这位有熊氏的朋友，你在干吗？"

"这是我的发明，叫车，可以推，也可挂在牛身上，既可以坐人，也可以运货。"轩辕一拍车栏，"这叫轩，"又一拍他推车的车把，"这叫辕。都是我的名字里的字。对了，我叫轩辕。要不你坐上来试试？"

"不用了。"英俊潇洒的穷桑氏，看着这个不起眼的青年，笑道，"你的帽子……倒是别致。"

"是吗？"轩辕得意地拍了拍自己的平顶帽，"这也是我的小发明，叫冕。我可以送你一顶。"

穷桑氏抚额摆手道："你快表演你的神力吧。"

"什么神力？像你们一样化为各种畜生吗？那与打架前的猩猩拍打胸脯有什么区别？"轩辕笑着，前面表演神力的一众求婚者神态百出。

"不显示神力，如何叫丽娱公主看见你的能耐？"

"伏羲氏发明渔网，燧人氏发明钻火，有巢氏发明盖房，神农氏炎帝陛下发明种植，还有丽娱公主……"轩辕向高台上拱手,"发明了烹饪。这一切都会被人族铭记,惠及万代。神的事业从来都是发明,而不是打架。"

"喂,那家伙,你表演完了没有?"后面还没表演的求婚者开始催促。

忽地仙音响彻,丽娱肩头的朱雀飞了起来,在众人头顶旋了一周,落在了轩辕的平顶帽子上。

主持仪式的大巫师,摇动骨铃,殿顶的凤鸾青鸟都起舞鸣唱,合唱的是:

丽娱孟姜,帝泽泱泱。成于室家,轩辕乃昌。

众人惊异无声,半天才欢呼起来。

第二章 神力觉醒

丽娱带着弟弟蚩尤，嫁给了轩辕，嫁到了有熊氏的部落。

天地间的政事奏章——其实就是一只只会说话的八哥，也随着丽娱一同而来。有熊氏主殿的茅草顶上，每日都落满了聒噪的信使黑鸟，起起落落。

但丽娱不再处理了，她把这些都丢给了丈夫轩辕。轩辕在天地间的地位陡升，大家都知道如今政出轩辕之手，有熊氏从一方诸侯隐隐成了暂代炎帝的临时盟主。

丽娱带着弟弟一直待在她最喜欢的地方——厨房。厨房很大，里面堆满了各色陶器和食材，丽娱在其中可比在奏章间如鱼得水。切菜的声音像均匀的鼓点，丽娱的朱雀在"鼓点"中，叼着切好的料，穿梭上下。蚩尤乖乖地捧着一只空碗，坐在炉膛边等着。丽娱试验各种各样的菜式，蚩尤就是尝第一口的试菜人。

丽娱从手心能吹出火焰，不同的火烧不同的菜。神农氏号炎帝，就是因为能控制火焰。所谓的刀耕火种，就是用火烧尽恶林杂草，木灰归土，以适于耕种。作为炎帝家族的长女，丽娱发出的火显得柔和温暖，被叫做文火，最适合烧饭了。

丽娱是厨房绝对的掌控者，切、煮、烤、焖、炸……火候交替变换，人在其间忙碌犹如舞蹈，顺手还要擦一把捧着空碗发呆的蚩尤流下的口水。

一排做好的菜，蚩尤每个都夹到自己的空碗里尝一口。他不会说话，只会用摇头、点头、连连点头三个动作来评价。

轩辕还置身在一群七嘴八舌的八哥之间，却见妻子带着蚩尤进来。蚩尤抱着一个好大的竹笼，里面都是他连连点过头的菜。

"该吃口饭了。"丽娱笑道，"这是小尤给你挑的。这孩子跟谁都不亲近，却对你上心。"蚩尤将竹笼推上桌案，面无表情。

这本是日常的一天，轩辕并没有在意妻子的这句话，后来在忙碌之余，发现小蚩尤常会捧着个空碗，蹲在角落看他。他想去摸摸这孩子的头，偏这孩子怯怯地躲了。

一日忙完，发现蚩尤并不在角落，轩辕伸展着身体出去，悄悄推开厨房的门，发现偌大的厨房空荡荡的，只有草顶的缝隙里，斜斜洒下细碎的光线，光线笼着蚩尤小小的一个人。

妻子可能采摘野菜去了，轩辕想。只见蚩尤呆呆地跪在熄灭的炉膛前，将小手放在嘴边吹，吹呀吹，什么都没有。

那一刻，轩辕有点为这个孩子伤心，他是想像姐姐一样能吹出火焰吧？

夜里，丽娱先将蚩尤安顿睡了，才来到轩辕的身边躺下，倚在他怀里。

"你为什么不教蚩尤修炼呢？他想像你一样，能控火做饭呢。"轩辕轻声道。

丽娱仰起头，"是父亲不让教。"

"为什么？"

"你知道的……小尤心智不全，怎么可能修炼得好呢？"丽娱叹气，"那不是让这孩子更看轻自己吗？你知道嘛，我有个妹妹，叫女娃，是和蚩尤同胞生的，出生七天就会说话，聪明极了……但父亲把她送去了夸父族，说如果两个孩子一起养，所有人都会忍不住更喜爱女娃，小尤只会觉得……自己一无是处。父亲还说，女娃是不缺人疼爱的，但能疼爱小尤的，这世上，只有他和我了。"

"我也会疼爱蚩尤的。"轩辕抱紧了妻子，"我来了这么久了，从没见他笑过。"

"这孩子可能知道自己和别人不一样。"丽娱哀伤道。

轩辕每日除了处理政务，还会去森林里修炼。有熊氏部落是在森林中起源的。轩辕在林间静心吐纳，嘴里却发出野兽般的悠长低吟，身后慢慢腾起一头巨熊的幻影，高出森林的树尖，双眼发出幽光……偷看的小蚩尤吓坏了，碗摔在地上，一直滚到了轩辕的脚边。

小蚩尤拼命在林中奔逃，却撞在一个人身上。抬头一看，正是姐夫在笑嘻嘻地看着自己。

小蚩尤一脸恐惧，他看见轩辕身后依旧有个巨熊的影子。"别怕。"轩辕用手去抚蚩尤的头，小蚩尤向后一缩，闭眼下意识地一挡。

嘭的一声，轩辕被弹了出去。小蚩尤身后，瞬间现出一头巨牛的幻影。轩辕惊呆了。

更吃惊的是小蚩尤自己。他回头看着巨牛的幻影，忍不住用指头触了触，幻影就像被触破的泡沫，破碎消散了。

轩辕收了熊影，总算把手抚在蚩尤头上，"那是你的灵兽，也是你身上力量的形象，就藏在你的血脉里。你的灵兽和炎帝陛下一样，是牛。你姐姐的却是朱雀。"

蚩尤仍然不甘心地在空中抓着，轩辕笑，"你想控制你体内的灵兽吗？那跟我一起修炼好不好？"

自此，轩辕每次修炼都会带着蚩尤，把蚩尤扛在肩上，走进密林深处。但对于蚩尤的心智，轩辕发现怎么教都没用……所谓静心吐纳，一定会演变为枕着空碗睡觉。轩辕只好把睡着的蚩尤继续扛在肩头带回家。

蚩尤的小手抱着轩辕的头，摇摇晃晃地睡，时不时口水会顺着轩辕的额头流下来。这天轩辕还在提防着口水淋头，却发现脑袋越来越热，鼻子里还闻到古怪的烧焦味道，原来是自己的平顶帽烧着了。

轩辕急忙把蚩尤放下，狠狠地拍灭了火，才发现蚩尤还在草地上睡着，右手的手心上，悬着一点幽蓝的火焰。

丽娱还在厨房里忙碌着美食试验，忽听见丈夫远远地叫着自己的名字。门突然被撞开，见到轩辕把蚩尤举到了自己面前，"丽娱，你看！"声音里透着欢喜。

蚩尤眨着那双又大又黑的眼，把小手张开，一点蓝火，悬在手心。随着小手的开合，火苗消失又呈现。

丽娱扔了手上的锅铲，一把抱住了蚩尤。轩辕也蹲下抱住了姐弟俩。

蚩尤懵懂地埋在两人的怀里，他瞥见了炉膛，便张开小手把手心的火吹了过去……一团蓝色的火乍现，嘭地将屋顶掀开腾向半空，留下一朵蘑菇云。

丽娱和轩辕清醒过来，发现厨房所有的食材已然焦黑，当然焦黑的还有只剩下框架的屋子，以及他们三个人。这是多炽烈的火呀！熏黑的轩辕欢呼起来，只能看见洁白的牙："丽娱你看，蚩尤是……天才呀！"

蚩尤迷上了"纵火"，从此有熊氏部落火灾不断，厨房成了重灾区……逼得丽娱不许蚩尤再进入厨房。

轩辕相信蚩尤一定能真正将火控制自如，日日带蚩尤去森林里修炼，甚至连政务都丢给丽娱了。

丽娱每日看着丈夫将弟弟扛在肩头进入森林，尤感欣慰。她看得出，丈夫真的疼爱着蚩尤，不逊于自己。不自觉地，丽娱还有一丝酸意："男人……还是喜欢和男人玩……"

有熊氏部落最擅长的是驱动森林里的熊狼虎豹，所以在森林里，这些看似凶猛的动物，都会像宠物般围拢在轩辕和蚩尤的左右。对此蚩尤还是有些恐惧，会用火吓走它们。轩辕拦住蚩尤，和声道："百兽是我们的朋友，不能烧它们，你如果想练习，可以试试，看能不能烧到我？"结果森林里常常腾起一片片的蘑菇云，甚至能听见轩辕的惨叫。一次次被烧成火球的轩辕，纵身跳到湖水里……百兽们都在围观，树上的猴子捂住了眼睛。

有一日，丽娱一直没有等到他们回来。她只好将饭菜放入竹笼，往森林深处走。

森林的中心有一弯湖泊，静谧至极。湖心有一块裸露的白色礁石，她看到礁石上站着一个小小的人，不正是弟弟蚩尤吗。只见蚩尤的两只小手里燃出细小的蓝火，火焰慢慢地脱离手心，如两只萤火虫，在湖面的倒映中，穿插游弋，翩翩而飞。那萤火似乎能随蚩尤的心意开始变大变小，两点分出了四点，而蚩尤的嘴里又吐出了一点白火，格外地亮……五朵游萤，越来越大，越来越长，分出五色，犹如五条火龙在湖水上方盘旋翻滚，蔚为壮观。

丽娱几乎要惊叫出声，忽发现丈夫就在身后站着，轻轻地揽住自己的肩。而林中的百兽，都围拢在湖边，伏地仰首，默默地看着正在上演的奇迹，那宛如有生命的蓬勃焰火。

丽娱忽然就流出泪来，因为她第一次看见小蚩尤在笑，那无邪的笑，被"焰火"映得一闪一闪的。

"我们神农氏族里，没有人能将火控制得这般好，就是爹爹也不行。"丽娱把头靠在丈夫的肩上,"谢谢你。"

"是我谢谢你。谢谢你选我。"

"不是我选的你,"丽娱抬头看着轩辕的侧脸,一指湖心的蚩尤,"是他。"

"啊?"

"招亲那日,我便发现,蚩尤一直盯着你看,好像……很喜欢你。"

轩辕苦笑:"我就是这样被选中的?"

丽娱依旧望着头顶的五色火焰,手朝后摸了摸轩辕的脸:"也不全是,我听你那日说,神的事业,是发明,不是打架……那话的口气,像爹爹。"

两人的脸,明明灭灭。

第三章

女娲降生

丽娱怀孕了。

轩辕觉得他即将成为一个最幸福的父亲，一家三口很快要变成一家四口。冬天的时候，丽娱分娩生下一个女儿，轩辕取名娥。娥，就是"美好女性"的意思，轩辕相信，女儿以后一定和丽娱一样美丽。

但娥出生后一直发烧昏迷，烫得几乎不可触碰，七七四十九天都不曾停止。看着孩子奄奄一息，丽娱派朱雀请来了天地间最有名的医生岐伯。岐伯说起来算炎帝的学生，是炎帝尝百草成效的记录者。岐伯仔细诊问之后，眉头就没有松下来过。

"小女的情况如何？"轩辕问。

"血脉里的阳气过旺……看来是养不活的……"岐伯无奈道。

"怎么会这样？"轩辕惊道。

"阳亢易折。"岐伯黯然道，"神农氏血脉里的火魄是纯阳，有熊氏血脉里的刚猛是至阳……如果是个小郎君，或许还可承受，落在女孩子身上……小小的肉身只怕抵受不了。"

"一点办法都没有吗?"

岐伯沉思着:"也不是没有办法,只是……极不易实施。也许……把这孩子送到极北的玄武之台,那里的极度深寒或能消解压制孩子身上过多的阳亢之气。"

轩辕觉得这根本不是办法。天地的共主虽是炎帝,号令却达不到两处神秘之地:西方大荒和北方玄冥。大荒尽头的昆仑山,蛰居着执掌神人生死的大地之母——西王母;玄冥冰海深处,沉浮着远古巨兽之首——玄武。无论神、人,都不敢去这两处神秘之地。

"我去!"丽娱面色平静而坚定。

丽娱肩上的朱雀鸣叫一声,身体瞬间涨大成巨鸟,单翼展开,伸展到丽娱的脚下,就像通向鸟背的楼梯。丽娱抱着妭刚要踏足,就被轩辕拦下:"我怎么会让你们母女去那么凶险的地方?"

"这是救我们女儿唯一的机会。"

"那也是我去。"轩辕抱住这对母女,"我们一起去。"

"你得留下,"丽娱把脸倚在丈夫肩上,"你是男人,要帮爹爹承担治理天下的职责。"

轩辕无言以对,眼见妻子步向鸟背,却迈不开步,原来是小蚩尤拉住了丽娱的裙裾。

丽娱单手抚了抚蚩尤的头顶,柔声道:"小尤放手,姐姐要去救妭儿,你不是也很喜欢妭儿吗?"

蚩尤不放手,他不懂。

蚩尤的手被姐姐推掉,刚想追上去,忽地身体一倾,发现被姐夫从后面抱了起来。眼见着姐姐跨上了朱雀的背,朱雀翅膀扬起旋风,腾空扶摇而起。

蚩尤被轩辕扛在了肩上。两人都仰着头,看着高天……蚩尤张着小手在空中虚抓着,他明明觉得朱雀越来越小,小到可以用手抓住,偏偏什么也抓不着……又大又黑的眼里尽是着急。

轩辕只得在正殿里忙碌,他的桌案四周围满了各地飞来的八哥。

正殿的屋脊上,以往也是落满八哥的,今天却一只都没有。因为屋脊的正中，坐着蚩尤，八哥们似有恐惧，不敢落下。蚩尤小小一个人，抱着空碗，呆看着天空，姐姐是从天空消失的，也会从天空回来吧。

朱雀背着丽娱母女一直朝北飞，日复一日。

越飞越寒，雪在横飞，打在丽娱的脸上。连朱雀身上都挂满了霜。

天地间皆是冰雪，地面其实是封冻的海，凝固的波浪。在天地苍茫极寒之间，有一透明如琉璃般的冰台拔地而起，高耸入云。

这便是传说中的玄武之台吧，丽娱想。朱雀在高台之巅盘旋了一会儿，开始降落，发现玄武之台的寒冷是空中的十倍，身体越来越僵，落在透明的台上鸟爪根本抓不住地，于是摔倒翻滚起来。丽娱却抱着妭稳稳飘落台上。

台上寒风刺骨，朱雀已化成小鸟落在丽娱的肩上，瑟瑟发抖。丽娱也在发抖，呵气成烟，不自觉抱紧了妭。却发现妭竟然醒了，睁开了双眼，那是一双如冰雪般明净的白眸，对着母亲呀呀地笑起来。

　　丽娱抱着女儿喜极而泣，却感受到脚下玄武之台的颤动。空中的飘雪开始聚集，汇成一张苍老的脸。"谁呀？"声音也是苍老的。

　　轩辕代炎帝管理天地，愈发地忙乱。

　　轩辕实在忙不过来，只好找好朋友风后来帮忙。风后在轩辕眼里，几乎是最聪明的人了。

　　八哥被轩辕赶得到处乱飞，从梁柱间的格窗逃走了。轩辕是真生气了，"来来回回就是这些事！这部落抢了那部落，那部落又骗了这部落。个个阳奉阴违，今日听命还了，明日还会去抢……"

　　风后却在旁边安然而坐，手里用蓍草占着卜，"因为你毕竟不是炎帝，只是代政的人。"

　　轩辕无奈道："那只能……由着他们？"

　　"需要改变。"

　　"怎么改变？"轩辕问。

"需要惩罚那些出尔反尔、不守约定的部落。"

"谁去惩罚?"

"当然是你这个代炎帝发令的人。"

"可是……炎帝陛下向来是不刑不罚,以德服人的……"

"以德服人?"风后微微摇头,"时代变了,当年炎帝会盟,天地间不过几十个部落,四野广大,各自开拓,倒也相安无事。如今已经发展出几百家了,许多并没有会盟,而且每部人丁渐多,地盘扩张到重合处,便开始了相互争抢和侵害……就算炎帝陛下如今亲政,也未必能改变这个局面。"

"那该如何?"

"威德并举!无威而德将不彰。信者赏,违者罚,赏罚分明!众部落才能体会到盟约的重要,体会到炎帝的重要,包括……代政的有熊氏的重要。"

轩辕身后的巨熊之像突然显现,眼神威严坚毅,缓慢地说:"好。"

轩辕以雷霆之势，举炎帝之名，讨伐了几个背盟的部落，天地震惊，意料不到以往宽松的炎帝天下，真的会有对背盟的惩戒，也想不到轩辕的有熊氏有如此强大的力量……部落间的争夺收敛了不少。

丽娱回来了。

她驾着朱雀，慢慢降落，有熊氏的部落在俯瞰中，就像一个棋盘。丽娱看见了一支军队正在回营，为首的正是丈夫轩辕，肩头依旧扛着蚩尤。

巫师风后率领着部众起舞，迎接轩辕凯旋。蚩尤对这喧闹的场景丝毫不感兴趣，他抱着轩辕的头，呆呆地望着天上。

所以蚩尤是第一个发现姐姐回来的人，他掰着姐夫的脸转到天空，眼见着巨大的朱雀盘旋落下。

轩辕一下把蚩尤从肩上放下，跑向妻子，却看见妻子手里空空，愣愣地停下，颤声道："妭儿呢？"

"妭儿很好。"丽娱扑在丈夫怀里，"岐伯说得对，妭儿到了玄武之台果真就没事了。"

"你……真的见到了玄武巨兽？"

"是玄武大神。"丽娱微笑，"玄武大神可喜欢咱们的妭儿呢，他说他寂寞了几万年。可惜我在玄武之台耐受不住……大神说，玄武之台的极寒，对妭儿是蜜糖，对我们却是毒药……常人没办法久待。"丽娱说着，发现自己的裙裾又被抓住了，一看是弟弟蚩尤。

丽娱把弟弟拉在怀里，继续对着轩辕道："大神说，他会替咱们照顾好妭儿，每年夏天，玄武之台没那么苦寒时，我们可以去瞧瞧妭儿。"

轩辕抱紧了姐弟二人："妭儿没事就好。蚩尤……可想你呢。"

第四章

亲人决裂

日子就这样过着，但也常有些不如意。

轩辕忙于政务和讨伐，并没有时间去极北探望女儿。

而女儿妭一日日在冰雪之台长大，长成一个四五岁银发白眸的小女孩，整日坐在玄武的真身上。玄武的真身是一头巨龟，背上盘着透明的巨蛇。妭荡着赤脚，就坐在巨龟乌黑的鼻子上，渺小得如一片落下的雪花……妭看着落雪的天边，有一只赤色的朱雀慢慢出现，那是妈妈来了。

妈妈又没有带爸爸来，妈妈只是说，爸爸心怀天地，很忙，是个伟大的爸爸。

丽娱回到有熊氏部落，带了一个不会消融的玄冰雕成的小像，有点拙朴。

"这是妭儿雕的自己，她说爸爸见了这个，就不会忘记她了。"

轩辕接过冰像，只见那像除了头发和眼睛点了白色，通体透明……他心生羞愧："等时局……我一定与你一起去看望妭儿。"

"时局有平定的那一天吗？"丽娱黯然。

"已经有七十二个部落加入会盟了。"

"那是怕你。"丽娱缓缓摇头，"当年爹爹不征不刑，不赏不罚，而四海归心，凭的就是一个德字。"

"时代变了，人多了，心就杂了。等级分明，赏罚分明，正是让天下知道尺度所在，德之所在。"

"赏罚分明？赏，不过是诱之以利；罚，不过是胁之以威。"

"咱们不争这个了，我心里是有数的。"轩辕将冰雕放在显眼处，回身挽住妻子。

丽娱好似还在赌气："你四处征讨也就罢了，为什么总带着小尤？"

"你夏天基本都不在，这孩子我不带谁带？"

"可是……干吗带他打仗？"

"你别担心，这孩子才多大，我都打不过他啦！他是天才，以后一定是这天地间最伟大的战士！"

"我不叫他当什么战士！"

"好好，不当不当……"轩辕开始服软。

大巫师风后带着他一身叮当作响的兽牙和龟甲，行走天下，劝说新部落参与炎帝会盟。

风后是伏羲后人，凭借卜卦预言名满天下，但他真正扶持的是轩辕。他一路说看见了神秘的天象——炎帝已经苍老昏聩，旧规或已不合时宜，即将产生一个更伟大的继承者，匡扶天地，重订人神之规……那便是有熊氏的轩辕。

天地间越来越多的部落开始追随轩辕，他们甚至只知有轩辕，不知有炎帝。心向轩辕的部落，与炎帝的旧臣们，难免有了些磕碰。轩辕并不知道这是风后的手笔，还派风后去劝说，结果事态越演越剧，战争眼见一触即发。

这个当口，久蛰的炎帝，忽然昭告天下，自己久病荒政，正式退出阪泉之宫，由有熊氏轩辕来接掌天地共主的位置。炎帝带着整个神农氏族，迁移到遥远的南方去了。

丽娱正在玄武之台与女儿妭欢聚，完全不知天地已经易主。她骑着朱雀回归时，才发现有熊氏部落已经人去楼空，才知晓丈夫已将全族搬到阪泉之宫。等回到她长大的阪泉之宫时，唯见巍峨依旧，飞瀑长虹依旧，爹爹却走了……忽然泪流满面。

面对来迎接的丈夫，丽娱面目冷淡："恭喜你呀，新的天地共主。"

"你生气了？你觉得我不该来阪泉之宫？这可是炎帝陛下的诏令。"轩辕有些不理解。

"爹爹只是不想发生战争，生灵涂炭。是你这些年的作为逼走了爹爹。"

"风后说，名不正则言不顺，我入主阪泉之宫，正是为了政令通达公正有效，更好地消弭战祸。我……依旧是炎帝之臣，等我平定了世间，四海归心，我会迎回炎帝陛下。这天下依旧是神农氏的天下。"

"早不是爹爹的天下了，你……背离了爹爹的治理之道。"

"只是顺势而变。我没有背离，而是发展了炎帝陛下的道。"

丽娱看着空落落的广场，中心的阪泉依旧喷涌，犹如昔日重现，那日她便是在这里招亲，第一次见到的轩辕。

"那日你说，神的事业，是发明，是惠及万代，不是打架。可你如今，天天去打架，越来越迷恋力量……还说是为了消弭战祸……以战止战，你自己相信吗？"丽娱面色凄然。

"正道是需要力量捍卫的！"

"力与道……"丽娱喃喃地陷入沉思，"力会不会压迫歪曲道呢？"

"怎么会？你不信我？"

"信。但是……"丽娱抹掉眼角的泪，"我要走了。"

"去哪里？"轩辕大惊。

"去南方。"丽娱让自己看起来在笑，柔声道，"我是你的妻子，也是爹爹的女儿，妭儿的母亲，小尤的姐姐……你守护你的道，守护你的天下……我却要守护他们。我知道爹爹的身体一定是更差了……我得带着小尤，去看看他老人家。"

轩辕知道妻子对自己不满,隐隐觉得妻子在惩罚自己。但他问心无愧。

丽娱做饭的锅碗瓢盆都被搬到了轩辕发明的车上,还有轩辕敬献给炎帝的礼物,形成了一个车队。丽娱带着蚩尤坐在最后一辆牛车上,向轩辕告别。夫妻两人互道保重,依旧显得恩爱有礼,丽娱却觉得两颗心越来越远。

车队在山坡上逶迤而行,蚩尤看见道路的起点站着孤零零的姐夫,越来越小。他理解不了,姐夫这次为什么不和他与姐姐一起走。

姐姐还在抚他的头,喃喃道:"不要理这头臭熊了。他们有熊氏是熊,咱们神农氏是牛,熊行千里吃肉,牛行千里吃草……想的到底是不一样,你不要随着他们整日地撕皮掳肉了……我们一起去看爹爹吧?你还记得爹爹吧?"

蚩尤听不太明白,指着路尽头消失的姐夫,回头看着姐姐一脸疑惑。姐姐耐心道:"我们要去南方,要许久……不回来了。"

蚩尤这回听懂了，一下从车上跳了下去，愣愣地站在路边。

"上来。"丽娱向弟弟伸手。

蚩尤慢慢摇头。

"乖。"

摇头。

丽娱手伸了半晌，叹口气，对左右护送的家将说："把他拉上来。"

一名家将上前，竟然拉不动瘦弱的蚩尤，又几名去帮忙……蚩尤倔强地在人堆里挣扎，忽地火光迸现，几名家将都被弹开。

蚩尤转身欲走，却发现手被姐姐拽住了。

蚩尤还想挣脱，发现姐姐手上橘红色的文火，卷上他的身体，生出一个护壁，把两人包在其中。

蚩尤被姐姐拖着走，面目愈发倔强，被握的手也腾出火来，蓝色的火焰与橘色的火焰相互翻卷……丽娱的橘焰护壁被冲破，五色火龙腾天而起。

蚩尤哭着，跑远了。

丽娱被弟弟的火势弹出了十几丈远，摔在草地上。丽娱坐起来，发现自己的手上全是灼伤的印记，但更疼的是心。她很惊异，一向温顺木讷的蚩尤，从不会违逆自己，但好像修炼之后，拥有强大力量之后，人快乐了，却也容易暴躁了。她一直认为弟弟还是当年那个过于依赖自己的懵懂孩子，今日拉他的手时，才恍然发现蚩尤已是个十一二岁的少年了。这些年来，自己心思分出许多在女儿妭身上，原来弟弟已经长大了。是他带大的，是他教他修炼……平心而论，他对弟弟还真好。

丽娱站起身来，才发现自己伤得不轻。她对着惊慌围过来的家将抹了抹嘴角的血迹，整理了一下散乱的头发，幽幽道："由他去……咱们上路吧。"

第五章

征战四方

轩辕在可以号令天下的阪泉之宫，开始了雄心勃勃的改革。

为了以后的长治久安，新会盟的部落与老部落的初始地位平齐，各自划定清晰的疆界，推行井田，公私分明……各部诸侯不再是各自为政，都是联盟内的职官——按功劳被封为三公、四辅、六相、九德……等级分明。新制推行并不顺利，松散久了的诸侯难免阳奉阴违，老部落也会排挤新部落。于是轩辕再次出兵树威，又引起了连锁的反弹，若干年间，征伐不断。

轩辕的讨伐战无不胜，因为军队里有一个少年将军，虽只有十三四岁，却战力惊人，有神牛的力量，会发出五色火焰，无人可撄其锋。

后来轩辕封这个少年为六相之首——司天之相。蚩尤，天地间都知道了这少年的名字，并被这个名字威慑。

民间说，蚩尤之名，可止婴儿夜啼。因为这个少年一旦出战，铁血无情，暴烈的火焰过处，大地尽成焦土，三年不可稼穑。

因此四海的秩序也越来越井井有条，天下归心者十占七八。

这一日，正是盟中诸侯来朝会的大日子，阪泉之宫仿佛恢复了荣光，广场上久违地旗帜招展、站满了人。轩辕坐在高台上恍然记起这广场上一次的热闹时光，那时他就在广场上，仰望着高台上的丽娱，憧憬着自己能站在丽娱的身旁。如今自己真的站在高台上了，丽娱……你为什么却不在呢？

轩辕回头望了一眼，圆形宫殿的尖顶上，遥遥蹲着一个瘦弱的少年，广场上的辉煌好似与他无关，只捧着一只空碗，呆呆地望向南方。

轩辕苦笑，这傻孩子是想念姐姐的。

"丽娱，总有一天你会知晓，我是对的。"

来朝拜的诸侯，其实相当一部分，是害怕那屋顶上单纯而嗜杀的少年，另一部分则被风后串联过了，要在朝会上联名共举，推轩辕为新帝。轩辕大惊失色，"炎帝陛下还在，我只是代政者。此事不用再议了！"

朝会草草结束,但还是扰动了天下,忠诚于炎帝的旧部民意沸腾,指责轩辕藏着篡位之心,朝会不过是投石问路罢了。

谁也没想到,最愤怒的一个部族,竟是向来不问世事的东北方载天山的巨人夸父族,打着匡扶炎帝的旗号,不再接受轩辕新立的规矩。

一些老部落,开始怀念炎帝当政时的宽松时光,在一边观望。而一些心向轩辕的部落,自觉联合起来去载天山平叛,结果被夸父族打得大败。

轩辕接到战报,觉得头疼,夸父族并不是一个好惹争端的部族,长期蛰居在载天山里,几乎都让人忘记了。这次旗帜高张地造反,着实叫人奇怪。轩辕记得妻子丽娱说过,蚩尤的龙凤胎妹妹女娃就寄养在夸父族,隐隐感到了事情的麻烦。

轩辕叫了他最信任的大祭司风后来,询问一下看法。

风后几乎无所不知:"夸父族?他们可是远古神祇的子孙,可以说部族很小,不过百人。也可说部族很大,因为无论男女老少，都身高超过百尺，力大无穷。"

"身高百尺？"轩辕惊道，"虽知道他们是巨人，没想到有这般高大。"

"夸父族在传说中是一个天生的战斗部族，只是在炎帝陛下的麾下，一直安分，安分得几乎消失了。如今这样跳出来，的确蹊跷。"

"丽娱说过，蚩尤的同胞妹妹女娃，一直在夸父族抚养。"

"哦？"风后拨弄起他身上挂着的兽牙串，好像在卜算，又像在沉思，"原来如此，这就说得通了。"

"怎么讲？"

"当年，炎帝陛下的龙凤胎出世，还是轰动天下的，不久就再没女娃公主的消息，原来是送到了夸父族做质子。"

"质子？是做质子？"

"不然呢？要不巨人们怎么会如此安分？想必是炎帝陛下用递质子的方式与他们订了盟约。如今，炎帝陛下已经退隐，天地的权柄已经交到你的手里，他们打着追念炎帝陛下的旗号，实际是跳出来争天下，人们还不能说他们背了誓言。"

"都是那帮家伙……好端端劝我称什么盟主，平白给野心者们借口。天下又得乱了。"

"你再问心无愧，他们也能找到其他借口。日月交替之际，必出乱星闪烁。这一天总会到来，躲不过的。"风后缓缓摇头，"现在必须以雷霆之势，击溃夸父族，免得那些心有异动的观望者倒过去。"

"那谁适合领兵去？应龙？"

"应龙倒是合适，不过将他从南边征讨中调回来，还要费些时日，要不……还是我去吧？"

"就等你这句呢。"轩辕颇觉欣慰，他是最信任风后的，"记得将女娲公主救回来。"

风后能力惊人，智计百出，治军最善阵法。阵法是从伏羲八卦中演变出来的，能发挥出比日常军阵可怕五倍的力量。当日，风后就带了有熊氏最精锐的军队奔赴前线了。风后沿途一一说服其他部落也出兵随征，一路上，平叛的联军愈发壮大起来。

夸父族有百年没有出现在战场上了，风后不敢轻敌，将阵形反复训练，才将军队开进载天山。与夸父族的巨人战士初一接触，还是震撼莫名，八卦阵不停地被巨人们突破，风后忙碌地指挥联军修补阵形。

慢慢地，八卦大阵站住了阵脚，首尾联动守望，进退井然，矢石如雨。巨人们猝不及防，纷纷挂彩，渐渐隐入山林。

风后挥旗向大山深处进发。

行军不过半日，前锋的千人队伍就遭到伏击，溃败回来。风后挥旗重整阵形，发现冲进阵里的，只有一个巨人。可怕的是这个巨人，竟然会用火，那是一种与蚩尤发出的类似的五色火焰，炙热无比，走到哪里就烧到哪里，冲阵简直如过无人之境。

风后并不慌乱，用坎卦阵提前挡住这个孤军深入的巨人。坎生水，克火，却不能将那五色火焰熄灭，眼睁睁地看见巨人冲到了阵心。

风后才看清这巨人很年轻，只是个少年，但身材却比夸父族其他巨人都高大健美。触目的是那肩上坐着一个黑衣的人类少女，就像一只鸟落在巨人的肩上。

阵是依山势而摆的，无数的军人和旗帜在奔波流动，将这个孤军深入的巨人层层围拢起来。

少女的长发无比漆黑，山风吹过，丝发翻卷，露出青稚姣好的眉目。少女不过十四五岁，瞳孔幽深，黑得发亮。黑色裙摆拂动起来，露出一双雪白的赤足，是暗色山林里唯一的光。

少女手上玩弄着一条黄黑相间的蛇，侧身将蛇正好挂在了巨人的耳垂上："刑野，我给你结的耳环喜欢吗？"

那巨人应了一声，握拳盯着漫山遍野游动的旗帜。

少女在旗帜间望见了风后。只一眼，风后忽然觉得被一种恨意锁定，瞬间浑身冰冷。

少女摊开双手，五色火焰升腾，犹如活物一般在四周流动。"向那里去。"少女向风后一指，一条火线，向风后袭来。巨人勃然跃到空中，双拳向火线指引的地方擂下。

风后猝不及防，急急后退，手上的令旗竟被那团飞来的火焰烧毁，大阵看不见中心令旗，一下混乱起来。夸父族人忽然又在山林间出现，他们从四周奔来……五色火焰若凤尾一般，源源不绝，灵活窜动，神人尽伤，旗帜尽毁。风后的大阵一下就被巨人们冲溃了。

风后虽惊不乱，换了旗，变幻阵形，面对绝对的力量和无比炙热的火，只能一步步退出山外。此时他才发现夸父族的真正领袖，竟然就是那个会发出五色火焰的少女，炎帝之女——女娃公主。

风后首战即惨败，知道山中遭遇近战绝难取胜，但自己的优势是人多，联军还在陆续集结而来，就将军营按八卦的方位分扎，将载天山的山口团团围住。

风后派出了八哥信使，恳请轩辕速派战无不胜的司天之相——蚩尤。也许只有蚩尤的神牛之力和更加炽烈的五色火焰,才能对付夸父巨人和女娲吧。但他有意没告诉轩辕关键的一点——女娲并不是夸父族的人质,而是这次造反的真正领袖。

第六章

兄妹为敌

南方的原始密林布满山巅。整个森林长成一团，树都互相躲让，又都互相争夺，从上到下，无有闲处。一棵树王般的千年榕树挺立其中，树荫可覆盖数里，树、草、藤都掺在一起，披披挂挂，纠缠环绕。清晨的林子里光线稀薄，空隙间的天光被树叶隔得很远，只在风声里闪闪烁烁。

晨雾像丝丝缕缕的白纱，看上去很美，但又让人神恐惧——那可能是瘴气。

巨榕下，站着一个夸父族巨人，杵着巨大的石斧。这巨人自小在神农氏族长大，成了神农氏的守护者，名叫刑天。

巨榕靠近树冠的地方，树藤缠绕出美丽的花纹，编织了一座浑然天成的树屋。树屋的中间躺着一位皓白须发几乎拖在地上的老者，看起来奄奄一息。老者正是三皇（羲皇、娲皇、农皇）之一——农皇炎帝，此时已到了弥留时刻。

丽娱就坐在床边，照顾父亲已经几年了。屋里堆满了瓶瓶罐罐,充斥着草木汁液的浓郁腥气还有药香。这些草药的疗效都是炎帝为万民亲口尝试总结而出的,却再难延长炎帝的寿命。

一整年,炎帝都几乎神志不清,今日却认出眼前的女儿来,多年浑浊的双眼竟清明起来。丽娱有种不祥的预感,这是回光返照吗?

"蚩尤呢?"炎帝气息依旧微弱。

"在阪泉之宫呢。"

"他好吗?"

"好着呢!和他姐夫在一起。轩辕……可疼他呢。"丽娱满脸微笑,却不敢说,蚩尤小小年纪做了司天之相,常年征讨各部,威名赫赫。父亲是最厌弃武力的。

"女娃呢?"

"您不记得了?还在载天山夸父族呀。"

"她好吗?"

"好着呢!夸父族人最是憨厚,对爹爹也最忠诚,他们恨不得把女娃举在头顶上供着。"丽娱轻抚父亲如枯枝一样的手，却不敢说，夸父族正打着追念炎帝的旗帜造反了。当今的天地并没有因为父亲的退让变得太平。

"这些年，苦了你啦。"炎帝抓住女儿的手，"你知道我为什么要把女娃送到夸父族去养吗？"

"爹爹说过，这样对蚩尤好些。"

"远没有那么简单。蚩尤和女娃……是愤怒之子。"

"愤怒之子？"

"当年你母亲受孕时，天地频生异象，人们都说，那是我的继承人要诞生了。结果我当夜就做了一个梦，梦里见到了昆仑西王母座下的九天玄女。九天玄女好像很无奈，感叹终是来晚了一步……她跟我说，昆仑山乃盘古之心所化，是为天地之心，分喜、怒、哀、惧四峰。而今怒峰突然崩塌，愤怒之子逃出，降生你家已成定数……愤怒之子拥有前所未有的暴虐力量，天地将为之翻覆，神人伤损过半，血流成河……"炎帝回忆着，眼里好似看见了血流漂杵的景象，"我很想制止这个劫难，想过……不让这孩子出生，但无论如何下不了手。我想出一个办法，倾尽自己所有的法力和医术，将还在孕育的愤怒之子分为男女二胎。"

丽娱掩口道："小尤和女娃？"

"没错，他们本就是一个人。我强用法力将其分割。蚩尤分得十分之九的力量，女娃分得十分之九的神志。我想着，蚩尤神志不足，就无法开发自己的力量。女娃就算聪明乖张些，力量终究有限。我将他们自小分开，他们便不会生出感应，愤怒之子自然不会觉醒。"

丽娱震惊无言，她还记得小尤、女娃出生的当夜，母亲就因难产去世了。而父亲也从那时起，身体一蹶不振，原来是耗尽了法力，再也压不住体内积累的万毒……才明白了爹爹爱子女和万民的苦心，知晓了弟弟妹妹惊人的身世。

"我要走了。"炎帝面色安详，"我逆天行事，意图两全，该得此报。你要照顾好你的弟弟妹妹，只要不让他们相遇，他们便会各自安好地度过一生。"说罢，溘然而逝。

炎帝崩，感天动地。

禽鸟哀鸣，百兽低吟，风云腾涌，天降暴雨——连老天都哭了。

阪泉之宫。轩辕放飞了报丧的八哥，率领着群臣在广场上向南方遥跪。

载天山巅。女娲带着夸父族巨人们在山顶石台上向南方遥跪。

载天山下，风后带着联军，卷起旗帜，向南方遥跪。风后抬头看着乌云，眼神刚毅，觉得自己能透过乌云看到更高处。一个时代结束了，而他尽心辅佐的轩辕，正将新时代大幕缓缓拉开。

八哥纷飞哀鸣，天下部落皆向南方遥跪，在雨中痛哭。

只有懵懂瘦弱的蚩尤骑着一头巨大的黑熊，还在风雨中赶赴战场。

派出蚩尤，轩辕是有些犹豫的。

蚩尤是战斗的天才，但因为心智的缘故，出手没有轻重，力量过于强大，火焰过于猛烈，但凡发力，几乎不分敌我。而且，日常性子平和的蚩尤，一旦发挥出真正的力量他就会愤怒，甚至会失控……所以他参与的战争，后果总是非常惨烈。

轩辕分辨不出，是愤怒激发了蚩尤的力量，还是力量激发了蚩尤的愤怒。

风后来信说战局极其紧迫，军队崩溃在即，夸父族战力惊人，非司天之相不能敌。轩辕终于放下犹豫，让蚩尤跨上自己的巨熊，日夜不停地奔赴载天山，去拯救自己最好的朋友——最倚重的大祭司。

丽娱悲痛之余，忽然感到了不安。

她知道载天山的夸父族巨人们造反有些日子了，而蚩尤这些年常参加征讨平叛，轩辕会不会将蚩尤派往了载天山？那兄妹要是相遇了会怎么样？"愤怒之子"就此觉醒？世间真的将万劫不复？

丽娱依然对轩辕心生怨气，没有和丈夫联系，而是派了肩上的朱雀飞往载天山，命夸父族息兵服丧，整族奔赴南方连山为炎帝守灵。

夸父族对炎帝是最忠心的，接到命令就全族动身，从山洞来到了山后，根本没有惊动风后驻扎在山口的军队，一路向南方而去。六七十个巨人在雨中奔跑，每一步都能跨出十几丈远，林野瞬间被踏出一条路来，巨影迅速暗淡在风雨里。

夸父族最善奔跑，日夜不休，没几日就赶到了南方连山，跪在了炎帝的树屋下。

刑天守在树屋下。他记事以来第一次见到这么多族人，心中莫名有些激动，他知道，跪在最前列的是族里的头人，也是自己的父亲。

丽娛静立在刑天旁边，环顾了一周，问道："女娲呢？"

夸父族头人抬起苍老的脸，疑惑道："小公主还没到吗？"

"没有啊？"

"小公主会飞，半道上就嫌我们跑得慢，径自飞了，我们追了一路，也没追上……"

"可是没见她来呀。"丽娛皱眉道，她只见过女娲婴儿时的样子，实在很想见见这个妹妹。

"遭了！"头人顿脚，"小公主得知炎帝陛下驾崩，又哀伤，又生气，说要杀光那些篡位的贼子……她该不会又回去了吧？"头人叫自己的小儿子，正是那位平日扛女娃在肩的巨人，巨人虽然高大，年纪却和女娃相仿，两人是一起长大的。"刑野，你快去！无论如何把小公主找回来！"

刑野向丽娱行了个礼，好奇地看了眼传说中的哥哥刑天，迅速地消失在雨里。

第七章

女娃沉海

烟雨凄迷，风后带着联军乘着雨雾，用结界封了声音，悄悄地袭上了山顶。没想到异常顺利，但夸父族的巨大山洞里已空无一人。军队们欢呼起来，原来夸父族人们早就逃走了。

风后觉得蹊跷，带领士兵步入山洞的最深处，那里阴森森的，他们发现有一座巨石堆成的石塔，塔尖上坐着一个黑裙少女，看上去娇小柔弱。

风后叫所有人都亮起火把——整个山洞里就只有少女一个人。

火光跳动，但好像无法照亮这个少女。少女一身漆黑，低着头垂着黑发，轻轻地笑，背上突然展出一双黑翅来。

少女的笑容无邪之极，缓缓道："都来了呀。"声音动听娇嫩。手指一弹，一朵火焰飞出，撞到一个士兵手中的火把上，火就像活了似的，窜动起来，奔向另一个火把，又一个火把……无数的火把就像连起来一般，化成细长的火龙。

士兵们都惊异地看着火龙在眼前飘逸游走，还是风后最先反应过来,大喝:"都踩灭火把!"已经晚了,火龙已成,腾向洞顶化为五色,又窜落下来。众人身上起火,惨叫连连。风后忙不迭地率众往洞外狂奔。

少女更快,双翅一展,从众人的头顶飞向洞口,瞬间布出了一道火网。冲出的联军带着火,在雨中翻滚痛呼,空气中夹杂着水火交集的嗞嗞声,不一会儿就有了灰烬的气味……

惶惶逃下山的风后才发现队伍已失去了大半。风后自认智计百变,不想栽到一个小姑娘手里。这小姑娘明显不如蚩尤能控制更磅礴的火力,却知道聚火把的火势,结成五色火龙,来了一个瓮中"烧"鳖。

风后率军队在雨中奔逃,各残部却不停地遭到女娃的伏击。女娃背有双翅,行动迅捷,神出鬼没,发出的火焰还不会被雨水熄灭,一点点地蚕食着风后联军的力量。

风后本来带着联军往西南方奔逃,却被女娃的伏击一点点赶向了东南方。风后无可奈何,觉得女娃就是个复仇女神，犹如一个猎人，驱赶着猎物，一步步地将他们逼向陷阱。

风后的残军一直被女娃驱逐到东海之滨。

大雨一直不停，风后的军队被逼退到一座山上，才发现尽头是一个突入东海的山崖，崖下三面潮烟拍岸，声势骇人。

风后站在山崖的尽头，知道自己再没有退路。转过身，见那黑裙少女慢慢从乌云间落下来，悬停在几十丈高的半空，一双黑翅在肩上慢慢扇动。她根本没有看这支残军，而是望着穷尽处的海天一线。天是铅灰色的，海水深冷得漆黑，翻出一线线潮水的白纹。

风后几乎绝望了。偏这时，听见了一声震人心魄的巨兽嗥叫，一头巨熊载着一个少年冲上山来。

蚩尤赶到了。

"蚩尤将军。"风后向巨熊身上的少年见礼，却发现少年根本不理他，只呆呆地望着空中的少女。而少女也歪着头，盯着少年不知在想什么。

急雨竟然在两人对峙之间停了，或是根本落不下来。乌云翻滚如浪，雷声滚来滚去，闪电时时在云中照亮。漆黑的海潮从天边涌起，蔓延过来，才发现有百丈之高，竟是海啸。

风后觉得空气都在摩擦，他被一种前所未有的力量撕扯和压迫着，不敢再说话，于是带着残军向山下奔逃。少女根本不在乎他们，只看着少年。少年坐下的巨熊竟四肢趴在地上，呜呜地低吼。

不一会儿，山崖清净了，少女慢慢落到与熊背上站着的蚩尤同高的位置，相距不过一丈，真正地面对面。

两人在静默中衣发纷飞。

蚩尤从没有过这种感觉，直觉得自己在照镜子，只是镜子里的自己不是日常的样子。这感觉有些奇怪，有些亲切，有些恐惧，有些惘然……他不知不觉地流下泪来。

"你哭什么？"那少女问。

蚩尤茫然地摇头。

"你是蚩尤吧？"声音真好听。

蚩尤点头。

"真的是我的傻哥哥……我是你妹妹，叫女娃。"天地昏沉，唯这张脸明艳灵动。

蚩尤摇头。

"果真是个傻子。"女娃叹口气，"你是来打我的吗？"

蚩尤点头。

"我是你同胞的妹妹呀，"女娃的神色黯淡委屈，低头道，"爹爹他……死了。"

蚩尤摇头。

"你这个傻瓜！"女娃愤怒起来，"你在帮那个逼死爹爹的篡位贼子！扶风氏与缙云氏是你灭的吧？"

蚩尤犹疑地点头。

"你知道缙云氏是咱家神农氏的分支吗？"女娃寒声道，"你杀了同血脉的亲人！"

蚩尤一脸惶惑。

"混账！"女娃一扬手打出一朵青紫色的火焰，"且看看谁打谁？"

蚩尤不懂，但他能感到对方的情绪，近乎本能地在体外现出一层莹莹的炎火护壁。而女娲的青紫之火，轻易就穿过护壁打到蚩尤面前。蚩尤用左手一挡，那火苗停在了他的手心，随他控制。

蚩尤觉得惊奇，手心里发出了一朵幽蓝之火，只见自己的幽蓝之火和女娲的青紫之火，灵性般地相互牵引，试探，最终融为一体。

女娲也觉得神奇："看懂了吧？我们是双胞胎兄妹，火都是一样的！算了，虽然傻，毕竟是我哥哥……我要杀的是轩辕。"

蚩尤这回听懂了，他听见了姐夫的名字，而且能感应到面前的少女心中对姐夫的杀意。

女娲背后的双翅扇动，向空中振飞。蚩尤双手一展，发出了远比女娲强大和炽烈的火焰，瞬间化作五色火龙，在空中盘飞，把女娲卷裹起来……力量还是太过悬殊。

但火龙在渐渐熄灭，慢慢露出女娲的身形，五色火焰一丝丝地都被吸入到女娲的身体里。女娲悬在空中，闭着眼像是在回味,觉得自己竟然强大了几分。"太好了!谢谢哥哥,再给我一些火吧?"

蚩尤看着双手发呆,他第一次发现自己的力量无用。但是,她要去杀姐夫了……蚩尤握紧双拳,跳下巨熊,一脚顿在地上。

女娃不再调笑,振翅越飞越高,忽然发现脚踝一紧,被蚩尤一跃几十丈抓住,顿时失了平衡,在空中翻转着,坠回了山崖。

两人的火焰法力对对方都无用,瞬间变成了肉搏。蚩尤说不出为什么,他不想伤害这个少女,忍着女娃雨点般的拳打脚踢,只是紧紧地将少女抱住,不让她启程。

女娃在厮打中迸出泪来:"爹爹死了!你还在这儿捣乱!我是你妹妹呀!"蚩尤不懂,他只知道紧紧抱住……奇异的事情发生了,两人的身体发出许多火焰,而且相互融入……女娃不禁害怕起来,觉得自己正在蚩尤的怀抱中消失:"哥,快放手!"

天地也好像被触动了,头上的乌云翻腾旋转,形成一个巨大的旋涡。遥远的海啸涌到了崖边，百丈之浪腾起，几乎覆盖了崖顶。但熄灭不了兄妹俩身上生生不息的五色之火。

女娃越挣扎越愤怒，乌黑的双眼竟也腾出了青紫色的火，她突然平静下来，柔声道："我杀了你吧，哥哥。"一只素手竟探入了蚩尤的身体，握住了蚩尤的心脏……两人的身体还在相融。

蚩尤觉得脑子里加入了许多神志碎片，产生了许多从未有过的情绪，他的心在剧痛，人在撕裂。那一刻蚩尤真觉得自己要死了，他大叫一声，浑身潜力全部勃发，一个巨大的火团炸开，耀亮了天地。

两人终于得以分开。

女娃如断线风筝般从山崖跌落在海啸的巨浪里，叫了声哥，然后就不见了。

第八章

愤怒之子

蚩尤醒了。

雨已经停了，乌云的缝隙间，洒下一束束的天光。

海浪平静。如果不是山崖坍塌，也许没人知道这里发生过惊天动地的战斗。

蚩尤发现自己跌落在海滩上，海浪一层层温柔地抚过他的身体，又退回老远。蚩尤艰难地坐起来，身心残破，几乎没有一丝力量。他远远看见海浪将一个黑裙少女的尸体，慢慢地推上岸。

蚩尤只能慢慢地在沙滩上爬……爬……直到把尸体抱在怀里。真的是女娃，蚩尤知道她是谁了，喃喃地叫着妹妹。这是蚩尤第一次说话，声音干涩、嘶哑、陌生。

妹妹的尸体却在手中慢慢飘散，只留下一件黑色的衣裙。黑裙也跳动起来，化作了一只鸟，围着蚩尤盘旋，"精卫精卫"地叫着。

蚩尤呆呆地盯着那只鸟，通体乌黑，白嘴，红足，花顶……这鸟围着蚩尤绕了两圈，鸣叫着，飞向西侧的山林，不一会儿，叼着一根树枝，投掷到海水里。黑鸟没有停下的意思,再次归山,又飞回,这次衔着的是一枚石子,投入大海。如此,往复不已。蚩尤呆呆地看着,心想,它这是要填海吗?

蚩尤愣愣地流下泪来,哑声道:"你宁愿恨海,都不恨我吗?"

蚩尤知道,那不是妹妹,只是妹妹残留的怨念。妹妹的神志和力量大半已融入到他的头脑里,身体里,包括那道心脏上的伤口里。

蚩尤拥有了相对完整的神志,也拥有了女娲的愤怒和记忆。他要用神志把两个人的记忆碎片拼合起来,就像重新打量一次这个世界。他原来的世界过于懵懂简单,满是温馨……可新看见的世界却越打量越残忍。

回忆让他浑身发抖,就像一对兄妹在头脑里争吵。在力量上,蚩尤有绝对的优势,在争吵上,则相反……

原来爹爹死了。蚩尤记起来了,爹爹的白胡子,几乎能当被子盖在身上,因为他总是躺着……还有姐姐,总在做饭……可是自己最后对她的记忆却是把她打伤了？为什么？

之后的记忆都是战斗，许多许多人……在自己的火下哀号……死去……他们都是我的亲人？我为什么要杀他们？

我的妹妹，也是被我杀死的……蚩尤的视线随着那只黑鸟移动，看它徒劳地填海。

都是因为你吗？我的姐夫？你训练我战斗，就是为了一步步杀尽爹爹的旧部，抹掉爹爹的影响吗？

蚩尤觉得自己的一生就是个谎言，一个笑话，而自己就是一只被利用的猎狗。一切都是为了占据爹爹帝位的阴谋。

少年抖着瘦弱的身子惨笑起来，他越来越愤怒，偏这愤怒，让他被妹妹抓伤的心，痛出一丝快意来，甚至恢复了几分力量。少年站起身来，好似闻到了空气中愤怒的味道，循着这难以琢磨的味道，蹒跚地走向了远方。

天地之心的昆仑山主峰上，有个巨大的山洞，洞深千丈，越深越广阔，有一弯暗红岩浆形成的湖泊。湖泊中心探出一块晶莹剔透的玉礁，礁石上合目盘坐着九天玄女。

岩浆之湖突然涌动起来，击打着玉礁，九天玄女蓦然睁眼，叹了口气，站起来向幽暗处俯首致礼："王母，愤怒之子……醒了。"

"他往这边来了。"九天玄女深吸了一口气，露出沉迷的神情，"愤怒的气味……真美啊。"

风后一个人回到了原来的山崖，却发现山崖已经崩塌了大半，在巨石间看见了那头由蚩尤骑来的巨熊的尸体。风后一直在用他的卜卦演算和寻找，却怎么也感应不到那两人的踪迹。看来，这对强大得出奇的兄妹，同归于尽了。

风后大笑起来，久久不停。这或是最好的结局，炎帝的天然继承者已然不在，他辅佐的轩辕，在开启新帝系的路上，再无可能的障碍。

风后正要离去，忽看见一只黑鸟"精卫精卫"地叫着，循环往复地衔着木石，投入大海。风后有些出神，重新用卜卦演算，别有所感。他遥遥看见一个夸父族巨人赶到了海岸边，对着茫茫大海，号啕大哭。

第九章

魔神归位

又到了阪泉之宫大朝会的时候，天地归心者十之八九，来朝拜的诸侯前所未有地多。

这次诸侯联名的提议更加明确，炎帝崩驾已逾五载，而轩辕这个实际的天地共主的继承者，早该称帝，不该再推延了。帝位空缺太久，难免会有人觊觎和僭越。

轩辕站在高台上，看着旗帜飞扬的广场有些失神。她，还在南方呢。她还是没有站在自己身旁。如果她不来，自己称帝，怕是真要被好些人叫作篡位的贼子了。轩辕不自觉地回头看了看阪泉之宫的圆顶尖处，空空如也。上一次大朝会时，他也是这般回望，那上面蹲着如他一般望向南方的瘦弱少年……

现在天地清平了，轩辕已没有以前那么忙碌。在朝会前，轩辕远赴南方，想迎回妻子丽娱，他等在连山下，但妻子一直没有下来……他本来想说，如今我可以与你一起去玄武之台看望妭儿了……他一直等了七天七夜，知道没有希望了。妻子一定在怨他，没有照顾好蚩尤……可是那是一个意外，一个误会……"我也是很伤心的，我也……

很想他。"

天地共主也涉及不到的神秘之地——西方大荒。

这里有千里流沙,有干涸的旷古河床,有被风雕刻的石林,有裸露在地面远古巨兽的骨骸……一直向西,是日夜火光冲天的火山。

暗夜的火山顶上,就在火山口的尖沿处,坐着一个人。

他不怕炙烤,变幻的火光和浓烟,成了他的背景。

他裸露着健壮的上身,皮肤是古铜色的,肌肉的棱角在火光里显得异常分明,黑发披在背上,或是因为高温的缘故,有些卷曲。涌动流淌的岩浆,只能照亮他脸的一侧,却如此俊美,宛若刀削。

就算是最熟悉他的丽娱和轩辕,恐怕现在也不能一下认出这是当年瘦弱懵懂的蚩尤。那双又大又黑的眼,如今闪烁着摄人心魄的光。

蚩尤的视线落在火山之下,一条岩浆之河逶迤流向远方,两岸火光点点,犹如万家灯火,映照着忙碌的人群。

其实西方大荒,一点也不荒。即使在炎帝盛世时,也有被部落放逐的人、不合时宜的人、异想天开的人……向西方走。如今，这里聚集了累代叛逆者的子孙。

可以说，轩辕是清明天下的共主，而此时的蚩尤，就是这片暗夜子民的王。

五年前的那日，这个海边身心俱受重创的少年，本想走到一个无人处舔舐他的伤口，其实是舔舐新旧两个记忆，慢慢觉得自己仿佛不再是自己了。记忆或许根本不是人自己书写的，相反，记忆在塑造着人。变化正在发生，蚩尤也不知道自己将变成什么样子，他就像一块滚下山的石头，轨迹无从预测。蚩尤接受不了过去的自己，更接受不了现在的自己。

蚩尤恍恍惚惚，觉得自己是循着那股若有若无的愤怒的味道，一路向西，一直来到了西方大荒。

蚩尤依旧西行，直到看见一脉常年遮在云雾里的浩大雪山横在天地之交处。延绵的山脉群峰里，有一座山峰好似崩裂塌陷了，原本是峰尖的地方豁出一个巨口，不停有浓烟喷薄而出升到天空，和浓重的黑云浑然一体。

蚩尤隐约觉得，那火山便是愤怒的出处，一步一步，拖着疲惫的躯体向火山而去。

火山就是昆仑群峰中崩口的怒峰，正是西王母当年封印愤怒之子的地方。

这一切，蚩尤并不知道。九十九个日夜过去，恍惚的蚩尤才爬到了火山口上，灼热的气浪可以熔化天上路过的飞鸟，但蚩尤的炎火体质不怕，他坐在沿口上，荡着脚，反而感觉到从未有过的放松舒畅。那一瞬间，他忽然便明白了，这里是他的源头，也该是他的归宿。

重伤的身体已经渐渐痊愈，心上由女娲留下的伤口，痛感却愈发尖锐，让他浑身颤抖。好像他杀死的不是妹妹，而是自己。少年弯下腰，把头尽量地探出，想透过浓烟看清火山口底的深渊，那里有岩浆浮动，就像一只巨大的瞳孔泛起暗红色的眼波，深深地凝视着他。

蚩尤在这种对视中魇住了，看见这暗红的瞳孔里，慢慢荡漾出妹妹女娲的样子……妹妹在向他招手，在向他笑。蚩尤的眼泪垂落下去，没落下几丈就被蒸腾成烟。蚩尤徒劳地伸出手，想拉住妹妹……他身体前倾，一头栽入到火山口里……他坠落，坠落，被巨大的瞳孔吞没。

大地隆隆地震动起来，像远古天地创生时的悸动。

火山开始勃发，深处的岩浆喷涌而出，如同一个巨大的火炬陡然耀亮，映红了半个天际。

遍天的流火，若雪般飘散在空中，"火炬"的巨焰中慢慢升起一个黑影，凝在云端，那是一个赤裸的、俊朗健美的少年，乱发在灼热的气浪里翻飞，带着迷人的微笑，后背展开一对巨大的黑翅，缓缓地扇动。

火山喷发带来的地动山摇，惊骇了昆仑谷地森林里的生灵。稠密的树冠上空群鸟惊飞，遮天蔽日。树冠之下，百兽踏着裸露的根系，背向着火山的方向逃窜，狼奔豕突。

兽群如浪，竟然涌到了森林尽头，再无树荫遮挡，一面湖水浩浩荡荡地在眼前展开。湖水的对岸，一座高耸天际的雪峰陡然拔起。大湖宁静无痕，宛如镜面，雪峰入云的影子，全倒映在湖水里，上面有多高，水里就有多深。奇怪的是，广阔的湖面上一只水鸟都没有。

群兽也不敢靠近湖水，在岸边十几丈外，就停步不前，来回打旋，不停地嘶吼。

这湖叫弱水，据说什么都浮不起来，且不论水鸟，就是芦花落下也会沉没。

大地还在震动，群兽看见湖水里的倒影在破碎，无端地涌动起来，忽地裂开，一个巨大的身影从水底慢慢走了上来。

巨大的身形犹如小山，通体赤红，雄壮得像一头巨牛，甩着几丈长的虎尾，却有马的四足，将水花踏得炸出水雾；头部犹如雄狮，毛发蓬松混乱，滴水如瀑，遮住了大半张脸。

兽群再次受惊，窜逃四散。

第十章

战神崛起

大荒上遍布着叛逆者和流放者的子孙组成的松散部落，最近却频繁受到跑出森林的兽群袭击。

部落首领里颇有些异能之士，他们率领部众抗击兽群，发现兽群如此异常地离开森林原来是被一头恐怖的怪兽驱逐。其中有善于追踪的首领，意图杀死这场灾难的源头。

一座山坡上的人类村庄变成了满目疮痍的废墟。一位白衣少年静静地站在废墟边，叹息着端详遍地的血迹，还有一排圆桌大小的圆形脚印，宛如一匹巨马踏下的。

"这怪物还吃人……"少年背着手喃喃自语，白袍无风而动，潇洒飘逸至极。

忽然，废墟背后传来了婴儿的啼哭声，少年一惊，身形一动，犹如幻影，转瞬就到了坡后，只见一头如小山般的巨兽，牛身虎尾，卧在那里。

那凶兽转过头来，雄狮般的乱发下竟有一张人脸，似一扇门那么大，嘴里叼着一具人类的尸体。它看见少年，愣了一下，将尸体丢在了脚边。

少年细看那张巨脸，左右两边竟是不一样的——左脸秀美光洁，只是眉目下垂，呈凄苦相；右脸干枯扭结，眼瞪眉立，呈愤怒相。

怪兽也盯着少年，张嘴低吟，发出了婴儿般的哭声……原来这就是怪兽的叫声。少年只觉得眼前的景象诡异至极。

白衣少年依旧背着手，忽然转头道："冥雨氏的小子，你也来了？"

不远的枯树上不知何时站着一个披头散发的灰衣人，倒提着一根木杖，木然地点点头。

"我先找到的，你就不要插手了。"

灰衣人冷笑，不置可否。

白衣少年长啸一声，从袖子里甩出一条长鞭，忽地消失了，转眼间已出现在怪物的面前，鞭梢抽在怪物的脸上。怪物愣了一下，皱了皱鼻子，反而伸头来闻。

那巨脸的鼻息如风，吹得白衣少年衣裾飞扬，少年一点不惧，挺胸笑道："我可是很好吃的。"

怪物一条长舌从嘴里吐出，少年再次消失，这回他出现在怪物的上方，鞭子已甩出了百十下，都抽在怪物的头上。怪物有些发怒，头上蓬松的鬃毛炸起，鞭子就像抽在棉絮里，浑不受力。少年正抽得尽兴，不防怪物抱怀般粗大的虎尾如流星般横扫过来，把人砸到了枯树上。

枯树摇摇欲倒，树上的灰衣人无奈地落下来。叹口气，"没用。"

白衣少年溜身站起，弹了弹身上的灰尘，怒道："说谁没用？"

"鞭子没用。"灰衣人的语调刻板，毫无情绪波动，"它皮厚。"

白衣少年将鞭子拉直："我鞭子上缚着许多石片呀，本该刀子般锋利。"说着，人又蹿了出去，几个瞬移，又在怪物背上抽了百十鞭，石屑乱飞，鞭上的石片都粉碎了，怪物却丝毫无损。

白衣少年再次被掼到树上，滑落在地上。灰衣人摇摇头，猛身攻上，用杖尾疾刺怪物。原来杖尾上嵌着一枚石矛头。

灰衣人的身法远没有白衣少年飘逸，直来直去，矛头一下扎入怪物的身体，他向上一挑，在怪物的身上划出一道触目惊心的血口来。怪物婴儿似的哀哭一声，旋身一踢，灰衣人被巨蹄扫中，也飞撞到枯树上。

灰衣人靠在树上半天起不来。白衣少年也不扶，只盯着那杖尾的石矛："你这是什么？怎么可以戳开那么厚的皮？"

灰衣人却盯着怪物，眼神惊异，仿佛看见了不可思议的事情。白衣少年转头，看见怪物身上那道伤口，正在以肉眼可见的速度愈合！

"天啊，这是什么怪物？"白衣少年凝神拱身，杀气乍现，身后幻化出两张白色的巨大翅膀，一股旋风平地而起。

灰衣人拨开披头的乱发，抹去嘴角的血，喘息着说："你要用风吹死它吗？"灰衣人长吸一口气，头上的云层都滚动起来，一抹乌云抽丝般垂下，虚虚实实，在灰衣人身后慢慢聚集成翅膀的形状，远没有白衣少年的那对翅膀优美修长。

白衣少年不甘示弱地讥诮道："你打算用雨打死它吗？"

"我只是在聚力。"灰衣人一举手上的木杖，"只能靠这个，一起上！"

两人的速度有差异，白衣少年干脆抓住灰衣人，一下瞬移到怪物身后的空中，一起握住木杖，以迅雷不及掩耳之势，插在了怪物的脊背上。

怪物依旧发出了婴儿般稚嫩的哭声，哭得好惨。两人一起用力，想把木杖的一大半插到怪物的身体里。

怪物嘶叫一声，就地而滚，将两人甩出，双双砸在枯树上。巨大的枯树再也支撑不住，瞬间崩裂倾倒。

怪物还在翻滚挣扎，白衣少年躺在那里觉得自己浑身都散了架似的，好在身下还垫着灰衣人。灰衣人挣扎着想爬起来，"别压着我。"

白衣少年根本懒得动,吐出一口血:"你伤得不比我轻,都歇会儿,这怪物眼看就完了。"

怪物的啼哭声慢慢地小了,也不再翻滚,一动不动。

"总算死了。"白衣少年长长舒了口气。

"不见得。"

果然,怪物又开始慢慢拱动起来,它慢慢地爬起,那张左右分明的巨脸愈发狰狞起来。

"这到底是什么东西呀!"白衣少年大惊。

"猰貐。"灰衣人从齿缝里挤出两个字。

"猰貐?"白衣少年面色大变,"吃过不死药的猰貐?那是如何都杀不死了?"

原来这猰貐本是远古巨兽烛九阴(烛龙)的孩子,没什么过错,却被"二十八宿"之一的北方天神"危"所误杀。当时有五个大巫师,将猰貐的尸体带到了西方之巅昆仑山,求万神之母——西王母赐不死之药。那西王母和烛九阴都是天地间最古老的神祇,毫不吝啬地赐了药。只是喂药后,不知是巫师施法不对,还是猰貐的怨念太深，复活的獙貐不再是龙身，变成了现在这样牛身马足人面的怪物，它翻身落入昆仑边的弱水，潜藏不见。

站起的獙貐，不停地耸动背部，那木杖还插在它的内脏里，叫它愤懑如狂，马蹄踏动，一步步靠近伤它的两人。

白衣少年哈哈大笑起来："想不到我飞廉竟然会跟你这个家伙死在一起！"他伸手拍了拍身下趴着的灰衣人。灰衣人不甘地闷哼了一声。

獙貐嗅了嗅自称飞廉的白衣少年，巨脸皱了起来，缩了一下脖子。

"很难闻吗？"飞廉大怒，"我的味道怎么都比这个家伙好吧！"

"吃我。"灰衣人挣着一挺，把飞廉推滚到了身后。

獙貐的嘴里吐出一条长舌，涎着黏液，向二人卷来。两人只觉得恶心，一起闭了眼。但听一声闷响，獙貐的婴儿啼大作。两人睁眼，见一个裸露着健美上身的少年挡在身前，而獙貐却退到了几丈之外。

獌貐愤怒至极，拱起牛背，如牛一般地撞来。裸身少年身形一动，单手抵在獌貐的鼻子上，生生将獌貐的冲势挡住，让它马蹄空自刨动烟尘，却难再进一步。

飞廉和灰衣人看得魂飞天外，这是谁呀，竟然一个人能挡住小山般的獌貐？

裸身少年空出的一手，一拳击在那獌貐的嘴边，砰的巨响，獌貐的嘴豁了半边，一排牙齿四溅……獌貐向后滑出七八丈。但那怵目惊心的豁嘴却眼看着在愈合。

"没用的！"飞廉高叫，"它吃了不死药！要扎它的心脏！"

裸身少年一愣，转头道："怎么扎？"

"我们扎了一半，"飞廉喘息着，慢慢地爬起，"你看它背上插着的那根木杖，还不够深。"强行提气，后背伸展出他的白翅，"我带你上去……"

裸身少年一抖肩，后背张开一对乌黑发亮的黑翅，竟比飞廉的还阔大。黑翅一振，裸身少年就蹿到了几十丈的高空，不逊于飞廉的速度。空中黑翅不见，裸身少年坠了下来，借着坠势，一脚准确地踏在獂貐背上插着的半截木杖上，瞬间将木杖全部踩入了獂貐的身体，杖尖的石矛洞穿了獂貐的心脏。

獂貐轰然倒地，四肢抽动，慢慢没了动静。

飞廉把灰衣人从地上扯了起来："这回死透了吧？"

灰衣人还是那句："不见得。"

果然，那獂貐已经闭合的双眼，又开始缓缓半睁……

"这不死药的药劲还没完了？"飞廉无奈地喊。

却见裸身少年双手一张，左手一团蓝色火焰，右手一团紫色火焰，两团火焰一合，交汇出五色的火龙，冲击在獂貐的身上，熊熊燃烧。

飞廉只觉得热浪惊人，急忙收了翅膀，免得被烧焦……

火光消去，獂貐已烧为灰烬，随风飘散，只怕再有不死神药，巫师们法力再高，也不可能复活了。

一片焦土之上，只余了一枚隐隐泛着红光的石矛头。裸身少年有些诧异地捡起矛头，微微使力一捏，一股蓝火附着其上，竟然依旧保持原形。

飞廉也凑上来看："这石头好厉害，竟然能扎穿猰貐。"

"他才厉害。"灰衣人一指裸身少年，缓缓道，"这是赤铜石，昆吾山上捡的。"说着，他拨开一头乱发，露出一张苍白阴郁的脸，向裸身少年行礼，"冥雨氏萍翳，谢过救命之恩。"

飞廉却笑："大恩不言谢，我叫飞廉，风飏氏的。我是大荒八十一部落里最好的招风师。而萍翳，比我也不差，是八十一部落里最好的聚雨师。这位朋友，从何处来？"

裸身少年转头指了指远处涌动黑烟的火山。

"怎么称呼？"

"神农氏，蚩尤。"

如今五年过去了。

当年三个相遇的少年，都成了一方之主，结为生死兄弟。

蚩尤俯视着"万家灯火"，知道他两个兄弟——风师飞廉、雨师萍翳正在其中忙碌。

"万家灯火"处，忽地涌动起如潮的欢呼声。

蚩尤站起身来，伸展了一下健美的身姿，背上展开一双黑翅——那本是妹妹女娃的能力——从火山口振翅而飞！

原来"万家灯火"是一座座熔炉，炉边满是劳作奔忙的人，叮叮当当都是锻造的声音。蚩尤从空中落在他们之间，飞廉、萍翳迎到面前。

飞廉依旧一身白衣，飘逸出尘，手里执着把竹扇，慢慢地摇。萍翳依旧蓬头遮面、乱发几乎拖在了地上，眼神灰暗。

"我们成了！"飞廉一展手，哈哈大笑。身后的熔炉在喷溅铜水，工匠在锻打和淬炼，一片蓬勃无边的景象。

这是三人相遇西方的成果。

那日击杀猰貐后，得知神奇的矛头赤铜石产于昆吾山，三个少年便结伴去昆吾山探查，才发现昆吾山不只有赤铜，还有紫铜、黄铜、锡、锌、铅等百金矿石。

蚩尤不自觉地迷恋其中。以后的日子，他用炎火反复烧炼提纯百金，相互交汇，就像姐姐丽娱反复配菜，做美食试验一样。

以铜锡为主，间百金，烈焰烧之，先升腾黑浊之气，是烧尽杂质；后升腾黄白之气，是锡与百金熔化；后升腾青白之气，是铜熔化；后升腾纯青之气，铜与百金融合如一。浇铸出的金属，被蚩尤唤作青铜。

单单一人靠天赋用炎火炼出青铜，蚩尤觉得意义不大，于是让两个兄弟加入，在大荒广开熔炉，每个炉膛里都以自己的蓝焰为火种，薪尽火传，日夜不息。飞廉控风，风火结合，烈焰不止。萍翳控水，出炉的青铜反复锻打淬水，才能打造成想要的形状。

今日成了。经过反复试验，大荒的百民也掌握了烧炼青铜的方法，铜水四溅，一件件前所未有、无坚不摧的兵戈盔甲，在锤声中成形。

三人立在一处，飞廉竟激动得有些泪光，随即豪情长啸："这是我们的时代！"

萍翳惜字如金，面无表情："青铜时代。"

蚩尤在发呆，他好像记得姐姐和爹爹都说过，神的事业，就是发明。我发明了青铜，并将烧炼方法传授给人们，必将惠及万代。

"我成神了。"蚩尤喃喃道，心里却叫着姐姐。

"那是自然，"飞廉接口，"但神也该有个名号吧？"

萍翳依旧面无表情，"战神。"

"好名字！就是战神！"飞廉狂呼大叫。

劳作的千百人，都停下了手，举着打造成的兵戈，齐声高呼："战神！战神！战神！"

火山突然喷发，暗夜耀亮起来，火山尘夹杂着碎火，飘雪般地落下来。众人依旧忘情地呼喊："战神！战神！战神！"

飞廉被眼前的情景感动得浑身发抖，忽然对蚩尤跪下来，大声道："战神身上有炎帝高贵的血！我们大荒八十一部落，都愿奉战神为帝，让天地共主的位子重新回到神农氏的手里吧！"

萍翳跟着跪下。

所有人都呼啦啦地跪下。

蚩尤兀自沉思，他想起自己刚学会控火的日子，老要到厨房帮姐姐烧火做饭，只是他的蓝焰过于暴烈，不知烧裂了多少陶锅陶鼎。他忽然问："青铜能打造最好的武器，也能打造最好的锅吧？"

"锅？"飞廉满脸疑惑，摸不着头脑。

蚩尤从回忆里清醒过来，一把拉起跪在身边的飞廉和萍翳，对着众人道："都起来，别跪着，你们都是我蚩尤的兄弟，不需要这些虚伪的礼节，对谁都不用跪！"

看着众人都站起了身，蚩尤露出了好看而无邪的笑，望向东边："就让我们掀翻这个虚伪的天下吧。"

第十一章

九黎乱德

一只八哥信使，穿越风雨，飞到阪泉之宫，上报在西方出现了一支叛军。

当时没有人在意，接着一只只八哥从西方飞来……都是失败的消息。

失败来得太迅捷了，轩辕才明白这支叛军的可怕——消息逐渐拼出了叛军的状况：首领自称新炎帝，号称率领着八十一个部落。但每个部落都不大，加在一起也未必抵得上中原的一个大部落。并且八十一个部落首领都自称是新炎帝的兄弟……就像原始的野蛮人。偏是这样一支叛军，一路披荆斩棘，兵锋直指阪泉。

轩辕不敢轻视，派了名将应龙去平叛。

应龙是龙族的领袖，屹立在龙族谱的金字塔顶端。龙的最初阶段叫虺，类似大蛇，但有成龙的初心。虺修五百年可称蛟。蛟是水王，所谓水从蛟，云从龙，蛟要想成为入云龙，就要再修个一千年，逢打雷下雨就出水起跳，沐浴雷电，方可成龙。成龙五百年之后，头上才能长出双角，是为角龙。角龙千年，有机会长出双翅，才成为最高阶段的应龙。应龙的能力，是角龙的十倍，体质坚硬，尾巴可划地成江，翅膀可兴风作浪，有聚水之能。

本来应龙没把这些叛军放在眼里，他率领了龙族中的蛟龙、蟠龙、螭龙、虬龙……可是这些叛军手里都拿着应龙没有见过的、闪着寒光的武器，将龙砍得七零八落！这是什么武器？怎么比龙牙和龙爪还要锋利？应龙也对抗不来风师飞廉、雨师萍翳的夹攻，一连九战皆败，一路败退，一直被叛军打到了阪泉之宫。

轩辕带着大祭司风后，统领着广大联军，接应下败退的应龙。在阪泉山下，挡住了队伍看似松散却战力惊人的叛军。

轩辕在阵前驾着他发明的车，由两头角龙拉着，一车突前，头上依旧戴着平顶帽。他看见对面火红色的炎帝大旗下，立着一个黑衣青年，健美英俊。他有些吃惊，没想到叛军贼首新炎帝如此年轻，偏觉得面目有些熟悉。

轩辕一震身，背后幻化出一头巨熊的身影，而自己的身体，与那血脉里的灵兽图腾慢慢合一，是为神的战斗相。

只见对方的身后，也幻化出一头巨大的神牛形象。

轩辕一惊，对方看来真有神农氏的血脉，真是炎帝一系的子侄吗？

只见那幻影和黑衣青年逐渐合一。青年仰天长啸，声震寰宇，久久不停。青年的身体在啸声中越来越大，高出了旗帜，头上两侧伸出长长的弯月似的牛角，前额锃亮，发出金属的光泽。后背展开巨大黑翅，又伸出两对胳膊，各拿着一把青铜武器，分别是刀剑和矛戈。原本的双手，执着一把长把的青铜大钺……

原来这才是蚩尤经过西方磨砺后，修炼出的战神战斗相。

战斗相的蚩尤，声音也变得粗砺起来："轩辕！你还认得我吗？"

轩辕冷笑："管你是谁？"身体也越来越大。

蚩尤右手松了钺柄，手心燃起一朵幽蓝的火苗来。

轩辕大惊,即将形成的战斗相瞬间破碎,人扶着车轩道:"你……你是小尤?你还活着?你去了哪里?你姐姐很想你的……我也是。"轩辕有些惊喜,有些不知所措,在他印象里,蚩尤一直都是个心智不全、不会讲话的孩子,和眼前这个叛军领袖无论如何连不到一起。

蚩尤本已准备提钺战斗,身体僵住:"我姐姐……她在哪里?"

"还在南方连山。"

"她……还是很伤心吧?"

"是。"

"都是你害的。"

轩辕低头不语,内心自责起来,她的诸般伤心,都是因为自己吧。

蚩尤的战斗相,发出了盈天的怒意和杀气:"我就把你,还有你这等级分明的天下都砸碎了吧!"蚩尤跳起十几丈高,双手执钺,朝轩辕劈了下去。

轩辕心情波荡,还在发呆。应龙和风后反应迅速,一起迎上去。一声巨响，应龙和风后都被击飞，摔在联军的队伍里，撞翻了无数人马……但堪堪接住了蚩尤的一击。

轩辕惊醒过来，巨熊的幻象再次腾起，还未合成战斗相，就被蚩尤用巨钺劈裂，巨大的气浪震断了联军成片的军旗，震飞了周边涌上来保护轩辕的士兵……蚩尤神威赫赫地落在敌方的军阵里，转过头看向从车上震落下来的轩辕。

蚩尤麾下的八十一部落，人数不过联军的十分之一，却如看戏的观众，狂热地用青铜兵器拍打着青铜盾牌，呼喊着——战神！战神！战神！

应龙厉啸，化身为巨龙，召唤身后的龙子龙孙也现出原形，几百条角龙蛟龙蛇一般缠锁住蚩尤巍峨的身体，就像一座蠕动的"龙塔"。

风后令旗一挥，启动"兵"海战术，士兵们堆涌过去，再爬到"龙塔"上，将蚩尤给压了下去。但这座"兵"山却瞬间坍塌了，蚩尤如绷断绳索般将群龙的身体扯断，龙血盈天。五种兵器在蚩尤的六只手中挥舞，不知劈碎了多少神将，多少龙族，通往阪泉之宫的阶梯上铺满了神灵的肢体和血肉。

趁着这时间，轩辕已完成了巨熊战斗相，张开巨大肉蹼翅膀的应龙，落在他肩上，一起抵挡蚩尤。

应龙甩出巨尾，尾上竟有一尾锤，与蚩尤的巨钺硬碰硬地撞在一起，砰的一声巨响，宛若雷震，地动山摇，应龙惨叫一声被弹飞到高空的云里。只见云层翻滚不休，应龙摔了下来。

轩辕的巨熊相与蚩尤的牛角全力地一撞，整个身躯被弹飞到山壁上，山壁崩裂……巨熊消失，轩辕吐着血滚落到山阶上。

蚩尤的双眼血红，一步步走来，他的双脚已化作一对牛蹄，整个阪泉之宫随着他的蹄声在颤抖。

飞廉一看时机成熟，联军阵形早被蚩尤冲乱，喝了一声杀呀，八十一部落的兵将挥舞着青铜兵器，潮水一般砍进了阵里，腾起一团团的血雾。

蚩尤还在追杀轩辕，十余丈的身躯，几乎能挤满山道，一斧一斧如疯魔般地劈在两边的山体上。山石崩裂，万鸟惊飞，尘土蔽日，宫殿将倾。

在众将拼死保护下，轩辕退出了阪泉之宫。他的轮车是最快的，负伤的应龙用真身亲自拉车，风后在车后推着，随手在空中虚画八卦，做了一个个疑阵和结界。

等蚩尤踏着血肉，劈开一层层结界之后，发现轩辕一行已经不见了。

第十二章

逐鹿之野

轩辕带着残兵一路奔逃，一直逃到一大片密林里，总算能喘口气了。

　　轩辕与风后和应龙三人面面相觑，内心依旧在颤抖。风后依旧难以置信："那……真是当年的司天之相——蚩尤将军吗？"

　　"是他。"轩辕叹息。

　　"他经历了什么？怎么会如此可怕？还……拥有了神志？"

　　"他说我伤了他姐姐的心……"轩辕喃喃地出神，半天才镇静下来，"这是哪里？"

　　风后胸有万壑，掐指而算："此地叫逐鹿。"

　　"逐鹿？我便是那被逐的鹿吗？"轩辕笑道，"逐鹿我是知道的，这里有我们有熊氏部族一个强大的分支。今日逢此大败，想必他们很快就会过来支援，有他们在，我们就不至于那么被动了。"

　　风后还在掐指，摇头苦笑，指指天上："逆贼们没有停下，他们就要追来了。"

"他是蚩尤,不是逆贼。"轩辕道,"他是个多纯真的孩子啊,怎么会这样?"

"越纯真,越容易被人蛊惑。早跟你说过,早些称帝,就不会叫人乱动心思,有机可乘。"

"这其中一定有许多误会。"

风后摇头叹气:"我去用八卦布一下防阵,再多做几层结界。"

蚩尤血洗阪泉之宫后,的确没有停留,由雨师萍翳感应着轩辕队伍的踪迹追了过来。

驰援的有熊氏部族果真很快靠近过来,与轩辕的残兵完成了会合。有熊氏部族有种神奇的力量,可以驱动熊、罴、貔、貅、貙、虎六种猛兽,为自己所用。不止是有熊氏,轩辕派出巡视的东南西北四相,以及心向轩辕的诸神诸侯,也在向逐鹿聚集,前来勤王。

蚩尤的杂牌军追杀而至,被风后的八卦阵和结界阻挡,但结界经不起蚩尤军队武器的锤击。借树林组成的八卦防阵,也被蚩尤大军用青铜斧钺,一路砍伐,强行突破。

风师飞廉是司风之神，可御风而飞，速度最快，所以负责侦查，随时游荡在四周，观察敌情。这回他开始催促大军加快推进，因为勤王的诸侯军队越来越近了。

八卦防阵被破的那一刻，森林里奔出了有熊氏役使的兽群，如潮水般涌来。但面对能杀死龙的青铜武器，尸首渐渐堆成了山。蚩尤的军队继续向森林里挺进，却发现大水像山洪般从四处涌来，拔树吞山，瞬间冲走了许多蚩尤的部众。原来是应龙发挥了聚水之能，将周边沼泽湖泉的水都移到了这里。这种不分敌我的攻击，就是不计代价地拖慢蚩尤的进攻，以期援军的到来。

雨师萍翳展开背上的双翅，升到空中，阴森森地笑："跟我玩水？"随后现出真身，原来是一只展翅有百丈之长、只有一只脚的灰色巨鸟！萍翳双翅频扇，森林上空堆出一层层的云团，越堆越厚。

"飞廉！取水！"萍翳喊道。

只见飞廉升到空中，也露出本相——好似一头高达十丈的巨鸟，双翅展开，有三四亩的面积……说巨"鸟"好像也不对。飞廉虽背有巨翅，有鹰一般的头脸和长喙，但头上却伸出两只鹿角……最奇的是身体，像一头狮子，长着豹纹，还拖着一条蛇一般的长尾。这是天地间最大型的猛禽之间的奇妙合体。

飞廉在空中像个陀螺似的旋转起来，瞬间形成了一个龙卷风，头探到云里，尾触到洪水里。就像"龙吸水"般，将洪水吸到了云层之中，大团大团的云以可见的速度在变深，浓得化不开。

地面的洪水就这样转移到了云里，被雨师萍翳所控制。雨师和风师配合无隙，妙到毫巅，雨师催下漫天豪雨，落在广阔的逐鹿大地上，风师吹雨成烟，形成越来越浓重的大雾。无论是轩辕本部还是靠近的援军，都困在凄风苦雨之中。

为了轩辕的军队不被淹没，应龙得不停地把积水移向敌方，却又被雨师风师配合着转到云里去了。

大雾使密林中所有的人都失去了方向。救援轩辕的各部援军就在周边,却在雾中不敢动一下。

但蚩尤敢,他让自己的部众原地待命,自己就像个游击的死神,到处游荡,虽单枪匹马地冲阵,但可杀穿阵形,扬长而去,任意收割着轩辕联盟部族的生命。各部如惊弓之鸟,有些勤王部落干脆悄悄退去。

轩辕被困了些时日,忽然叫风后来商量:"我想叫人去与蚩尤和谈。"

风后一惊:"主上想谈什么?"

"总要知道这孩子的诉求。"

"他的诉求猜都猜得到,"风后苦笑,"他都自称新炎帝了,就是要让天地共主的位子回到神农氏吧。"

"那也可以呀,小尤才是真正的炎帝之子,若不是心智不全,也不会叫我这个女婿代劳。如今他心智已全,本就该继承神农氏的荣光。"

"可是,我们的理想呢?我们辛辛苦苦建立的秩序呢?这些……眼看都要毁掉吗?你看,天下的勤王之军还在浩浩荡荡地赶来,这就是民心,民心可用!"

"打得过吗?"轩辕淡然而笑。风后哑口无言,蚩尤显示的力量过于逆天,至今都叫他心有余悸。轩辕继续道,"都是一样的子民,为何互杀?我与他本是……一家人,何必相斗?丽娱要是知道,岂不更伤心?"轩辕拍拍老友的肩:"我们的理想是清明天下,未必要宰执天下。我们可以尽力辅佐他,把我们建立的秩序延续下去。"

"你就这样退缩了?"风后还是不能接受。

"你还记得当年新旧部落有所冲突时,炎帝陛下就退出了阪泉之宫吗?我现在才懂得他老人家退让的心思,那不是退缩,那是真正心怀天下。"

轩辕特地派了炎帝的学生,给女儿妭治过病的岐伯去和谈。但岐伯并没有带回来什么好消息。

轩辕怎么也想不到,蚩尤的诉求跟帝位无关,只让岐伯带回来一句话:"你既以天下为家,毁了我的家,我就毁了你的天下。"

"为什么?"轩辕自问和炎帝旧部虽有些磕碰,但解决得还算圆满。自己对丽娱和蚩尤可说感情极深。

"说是要为爹爹、姐姐、妹妹复仇。"岐伯道。

"可是,炎帝陛下殡天,我也是极悲痛的。我一直自认不敢替代,才一直不肯称帝……害得他姐姐伤心,还是因为妘儿的事吧?"轩辕有些茫然。

风后面有愧色,向轩辕道:"那多半是因为女娃公主的事……连累主上了。女娃公主的死,确是在我意料之外。原想着他们兄妹相见,即便不化干戈为玉帛,也绝不至于生死相杀……实在不行,主上把我交出去就是。都是我的过错。"

"那只是意外,我信你。"轩辕疲惫地拍了拍老友的肩膀,"且让我再想一想。"

第十三章

旱魃止雨

一个个悲剧传来，一个个部落被蚩尤屠杀殆尽。

连投降都不是出路时，联军反而爆发出背水一战的勇气。在诸将忙于防守抵抗时，在神人百兽们在风雨中厮杀得魂飞魄散时，轩辕依旧镇静，仿佛一切都与他无关，他在亲自建造祭坛。

祭坛上轩辕很孤独，跪了三天三夜。

大雾和大雨就没有停止过，轩辕用自己的血献祭，眼见血一丝丝地在雨水中洇开，血就要如此流尽了吗？轩辕在祈愿万神之母——西王母的垂鉴。西王母是远古的祖神，掌管天地人神的生死，就像一个彼岸的存在。哪怕是天地共主在蒙难时也会通过繁复的仪式，向西方昆仑山上的至高裁决者发出乞求——蒙您垂怜，得以代权，如今蚩尤强横无匹……您真的厌弃我了吗？

一道白光竟然穿过厚重的乌云，照在轩辕跪着的祭坛上。白光里显出一个女子，裳如墨，肤胜玉，雍容高贵，丽绝寰宇。

刹那间，轩辕完全被眼前的女子震住了。没有语言可以形容眼前这个绝代女子。女子全身笼罩在妙不可言的光线里，犹如鸿蒙初开时孕育的第一朵花，未被任何纤尘污染。

轩辕颤声道："王……母？"

那女子款款走到轩辕面前，身姿万世绝倒，轻轻道："我是九天玄女，是王母让我来的。你的所求我知道了，我授你兵法阵法。"

"可是……风后精通八卦阵，根本挡不住蚩尤。"

"我授你的是五行大阵，奇门遁甲、太乙、六壬之术，或能困住这厮。"玄女将手抚在轩辕头上，轩辕只觉得那些兵法阵法已历历在目。

"蚩尤和他的军队刀枪不入，困住也不能将他们怎样……"轩辕还有难题。

"愤怒之子以南方之火烧炼西方之金而得青铜。所以他的矛钺无所不破，他的甲胄坚不可摧。"

"愤怒之子？"轩辕奇道。

"就是蚩尤。"九天玄女叹息，"说来话长，当年昆仑山怒峰开裂，愤怒之子逃逸，降生人间，历劫便成定数。"

"降生？便是蚩尤这孩子吗？"

"是蚩尤和女娃。炎帝耗尽自己的法力与医术，在愤怒之子降生之际，将一胞分为二胎。蚩尤主得力量，女娃主得神志，然后分开抚养。炎帝本来已经想出办法消了愤怒之子的劫难，偏你那时迷恋力量，教蚩尤修炼，生生唤醒了他体内的力量，还派他四处征伐……或是冥冥之中命运的缘故，他们兄妹终是相见相融，愤怒之子觉醒了。"

"愤怒之子的力量这般大吗？"轩辕惊诧万分，想起丽娱说过，炎帝是不许她教蚩尤修炼的。

"愤怒和仇恨是最有力量的，深刻，直接。但是过强的力量是会……扭曲人的。而偏偏……这是你放出的凶神，就要你自己解决，这或是对一个真正帝王的考验：力量要与德平衡，不然会如蚩尤一般百无禁忌。"

眼见玄女要走，轩辕追问道："敢问玄女大神，这大雾大雨如何可破？不然我的军队难以聚集，刚学的兵法阵法也无从施展。"

九天玄女笑道："我已经是帮偏架了，这架还得由你自己去打。如果还打不过，还做什么天地共主？"说罢，人随着白光消失了。天地依旧笼罩在阴雨迷雾之中。

轩辕心道，到底该怎么揭破这眼前的困局呢？轩辕思虑一夜，一直没有走下祭坛。

大巫师风后也一直在想这个问题。天蒙蒙亮时，他走进了雷神的帐篷。

雷神原出身于雷泽，龙身人首，像青蛙似的，一鼓肚子，就能发出雷吼声。雷神身边一直带着个雷兽，叫夔牛。夔牛出生在海上，牛头上却没有角，最奇的是夔牛只有一只脚，行走时是一跳一跳的。夔牛跳动的时候，牛肚子里会发出咚咚的鼓声。

正午时，风后叫几十个部众抬着一面巨鼓来到了祭坛下，摇动浑身的骨铃，高叫着："请主上擂鼓！"

轩辕见鼓不解："为何擂鼓？"

"是雷神和雷兽献出了自己……"风后颤抖着指着那

鼓,"这鼓面便是雷兽之皮!这鼓槌便是雷神之骨!"风后跪地双手捧起鼓槌:"请主上击鼓!"

轩辕震撼无比,却也明白为何,含泪接了鼓槌,含泪击鼓!鼓声含着雷鸣之威,声震五百里。

迷失方向的勤王各部,都能听见这是轩辕的召唤,犹疑尽去,纷纷向神鼓的声音靠拢过来,轩辕的各部援军终于完成了集结。

鼓声不仅迎来了盟军,也引来了一个战神。鼓声等于将轩辕本人的位置,暴露给了蚩尤。

轩辕大军虽多,在密林的泥泞中却施展不开。

他们看见一个高达十几丈的暗影在大雾中露出轮廓,一个雄魁的巨人,头上弯曲着巨大的牛角,两只巨眼在烟雨凄迷中隐隐泛出红光。这个暗影,在千百年以后,是对一个魔王的形象记忆——就像被具象的恐惧,映在了轩辕联盟部族,及其子孙的梦境里。

但轩辕不能停止擂鼓。

聚集的军队过于庞大,雾气之中,首尾之间依然无法相见。轩辕将神鼓置于一辆大车之上，这车是他和风后刚刚发明的，叫指南车。风后精通天象，对天极北辰有极强的感应，所以将自己的魂魄分出一丝注入车头的木人身上。背者，北也。木人总是自动背朝北方，面朝南，还平举着一只手，指向南方。驾车的群龙就按着车头木人指的方向，向南奔驰。

轩辕在车上击鼓不停，大军才能循鼓声南行，试图走出这密林和大雾。或许走到广阔原野上，轩辕才能布下并指挥九天玄女所授的五行大阵。

偏偏鼓声不辨敌我，轩辕大军就这样被风师飞廉和雨师萍翳咬住了。在指南车和神鼓的指挥下，轩辕盟军的确走出了密林，来到逐鹿之野。但他们头上的浓云和大雨也跟了出来，就像钉在了他们的头顶。回首遥远的天边甚至露出了霞光，美丽无比——那本是他们逃出的层林，现在正被斜阳染红。

轩辕感到了绝望。

蚩尤还在身后追杀着，他单枪匹马，早已甩掉了追随他的八十一部落。但没有神祇可以阻挡，蚩尤走过的地方，尽是诸灵和神龙的鲜血。

不停地有传信的八哥飞来，告诉蚩尤和风后，后面又有一个部族，被蚩尤屠尽了。轩辕心道，也许等不到施展大阵的时刻自己的军队就崩溃了。自己果真还是斗不过这逆天的内弟。

蚩尤还在追击着，屠杀着，或许杀戮才能平复他胸中的不平，除了为女娲复仇，或许还有天地给他的，从最早的远古而来的怨愤……他说不清自己为什么这么愤怒。但在愤怒中却有着快意。

如果愤怒有形状，它一定是直的。我就要建立一个直的世界。蚩尤想。

蚩尤的巨钺上没有血迹，因为大雨不停地在钺面上滴落着，映照着青铜的寒光。已经没有神敢直面这把武器。

蚩尤在追击中有些寂寞。

这时他的前方，茫茫的豪雨之中，悬浮着一位少女，遥遥地挡着他的前路。

雨好像打湿不了那个少女，雨在少女的周边形成了一个晕圈。蚩尤走近了些，见那少女身着青衣，银色的长发在风雨里飘动，让人看不清面目。蚩尤又走近几步，几乎与那升在空中的少女面对面。那少女在十几丈高的蚩尤战斗相面前，还不及蚩尤的鼻子高，仿佛蚩尤一张口就能将少女吞了。

少女没有退，但在发抖。

"哎，你……别再追了。"少女的声音很小，怯怯的，如果不是蚩尤耳目通灵，几乎听不见。

蚩尤觉得有趣，道："你不怕我吗？"

"怕……"少女忽然又改口，"不怕！"

"让开吧。"蚩尤不知这是谁家的女神，看见她竟无来由地想起妹妹来，也是十三四岁的年纪，心里一酸，杀气顿消。

"不让！"那女神的声音还是怯怯的，但是坚定，"我不能让你杀了我父亲！"

"你父亲是？"

"天地共主，轩辕。"

"哦？你叫什么？"

"我叫妭。"

"哦，是你呀。"蚩尤回忆起来，这便是姐姐的女儿……这孩子不是不能离开玄武之台吗？

蚩尤心疼起来，那是妹妹留下的伤口。"你得……叫我舅舅呢。"

"你……你是魔王！"妭的声音一如女娲当年一样稚嫩，但更柔弱。

蚩尤尽量用粗粝的声音柔声道："我真是你舅舅。"

妭犹豫起来："那……舅舅，看在我的面子上，放过我父亲吧。"

蚩尤愣了半晌："你来这里做什么？回到玄武之台吧！这里雨大。"

"那……那我……"妭着急起来，脸从乱发中露出来，瞪着一双白眸，显得茫然。

蚩尤看见妭的脸，苍白得近乎透明，身体单薄得就像风中的柳絮。蚩尤道:"那你……要怎样?"

"我会杀了你。"

"你父亲竟派你来打仗?"蚩尤摇头,一脸的鄙夷,这是所谓的攻心之术吗?

"不,不……我是偷跑出来的!"

"哦。"蚩尤不想再和这女孩纠缠不清,侧身走开,想绕过妭。

妭张开双手,身子在雨中飘动,依旧拦在蚩尤的面前,口中急道:"我真要杀你了!"

"那你就杀杀看。"蚩尤愈加无奈,心道由她耍吧。

妭将两手合在一起,做了一个手形,散发突然张扬起来。檀口一张,发出一道尖锐之极的啸声,高远而飘渺。声音清冽,似能刺破耳膜。

蚩尤只看着一道光比太阳还要耀眼百倍,从妭的双眼和嘴里迸发出来,一种天地间从未有过的力量和热,以一个圆环扩张开来,又迅速推荡出去。

天地人神都被这道光震慑了,哪怕闭眼,那刺眼的白都不会消失。随后便是热浪滚过，推倒了方圆千里所有的神人百兽。

轩辕被从指南车上掀了下去。他听见心底咔的一声。

轩辕从怀里掏出一尊玄冰雕像，那是女儿自己雕的，白眼白发。只是这晶莹的小像里，破出一个还在生长的裂痕，最后龟裂开来，碎在手里。他看向那正在变得暗淡的光，心生感应，却也难知所以然："妭，是你吗？"

那光如此炽烈，瞬间将层云积雨烧得灰飞烟灭。天空立现晴朗，阳光照到了这些日子里一直困在水雾里的轩辕大军。

妭离开玄武之台，就有些控制不住体内的阳亢之气，如今妭索性将这阳亢之气自爆出来——去救母亲嘴里那个总是忙得顾不上来看她的伟大的父亲。

在云雨中一直对峙的应龙和风师雨师首当其冲受到了阳亢之气的伤害，尤其是应龙，本就力竭，被光波冲击，直接折断了双翅，又被冲击波远远地甩到了南方。

即使这样，这光波依旧没能杀死蚩尤。蚩尤的体质近乎无懈可击,仅是双眼受到了灼伤。不过这惊天地泣鬼神的一击,总算让天地清明。

自爆后,妭残破的身体,跌落在了北方。但妭不再是神明了,这唯一的一击使她容貌尽毁,头发落尽。人们也不再管她叫"妭",而改叫"魃"——这是另一个故事了。

第十四章

兵主陨落

蚩尤捂着双眼，愤怒地嘶吼："轩辕，出来！"竟然叫病弱的女儿来替你打仗！你到底有多无耻啊！

退却的蚩尤一直在担心妭。她……不会死了吧？

她也像妹妹一样，被那个轩辕生生推到自己敌对的一面，然后死在眼前？

多好的性子呀，哪怕自己柔弱不堪，也要提一口气为自己的意愿而战斗。这和小妹化生的那只精卫鸟是多么相像呀。妭，真的比她一路奔逃躲闪的父亲强太多了。

蚩尤真的愤怒了，待眼养好之后，便一个人去攻打轩辕的阵营了。何况风师雨师受了重伤，其他部众也都有所损伤。

蚩尤扛着巨钺，来到阳光普照的逐鹿之野。蚩尤不知道，命运的天平已经被最高远的大神——西王母拨过了。到底谁才是那只鹿呢？

等待他的是轩辕摆好的五行大阵——所谓的前朱雀而后玄武，左青龙而右白虎。轩辕将所有盟军操练起来，以百鸟氏为前锋，百鸟氏冲杀在前，龟蛇军殿后护卫，左翼龙骧军，右翼虎贲军，各驱虎、豹、熊、罴、蛇、龙、貅、虺，以雕、鹖、鹰、鸢为旗帜，鸟帜遮天蔽日，浩浩荡荡，向孤单单的蚩尤冲了过去。轩辕居中央乘指南车，擂神鼓，风后举旗帜，控制全局。

蚩尤哈哈惨笑，遥遥指着旗帜里的轩辕骂道："你就靠这些花样！可比你的女儿差得远了。"

一提女儿，轩辕心里一震："你说妭儿吗？她……怎样了？"

蚩尤不理，只见六个臂膀，五样兵器，都旋飞起来，撞进轩辕的军队里，包括龙蛇百兽、凤鸾群鸟，也都像被割翻的稻草，在四野翻飞。

虽伤亡惨重，但五行大阵不乱，依旧将蚩尤缠在其中。

龙战于野，其血玄黄。落下的血，让人神的联盟想起了前些日子无尽的大雨。

战神，真的是战神。诸神虽睚眦欲裂，心神却在犹疑——我们真的能够战胜战神吗？天上地下，独一无二的战神。

轩辕催战的鼓声，在天地间震荡，就像来自远古的地心。鼓不停，战不止。蚩尤在搏杀中，一步步杀向轩辕的中军，对着轩辕的龙车笑道："你敲得我心烦，我这就来收拾你。"

蚩尤冲击中军，竟不能挡。大将应龙已坠，战力强的诸将也所剩无几，不知不觉蚩尤来到了大阵的中心。风后挥旗，五行大阵旋转起来，真正的威力才得以展现。

结界一层层地束缚下来，却被巨钺劈开，发出连串巨响——六条臂膀、五种兵器都抡了起来，一股脑地砍向四周，瞬间就劈了几百下。多层结界再也支撑不住，陡然破裂，支撑结界的诸龙瞬间爆体，化成血雾。

掌阵的风后喷出一口血来。轩辕等的就是这个空隙，高喝一声："收！"蚩尤脚下的泥土里，突然钻出几十条粗大藤蔓，如灵蛇一般，将蚩尤的六只胳膊紧紧缚住。蚩尤猝不及防，用力挣脱，只听见蚩尤浑身的筋骨劈啪作响，肌肉扭动若活物，竟然将层叠的藤蔓拉变形了，但一时还是挣脱不出。

轩辕慢慢地走下车。

蚩尤怒道:"你又使了什么手段?"

轩辕道:"这是西王母所授的五行阵中的役木诀。"

"西王母?干她何事?"

"这是王母意志,你还能有什么机会?"

"那就试试!"蚩尤双脚一蹬,暴蹿而起,用头上的角,向轩辕撞来。风后却挡在轩辕身前硬抗,被撞出几十丈,倒在地上半天起不来。

轩辕一惊,跃回车上,战鼓又响了起来。五行大阵再次运转,五军都向被缚住的蚩尤围剿而来。

蚩尤的后背,一下展开一对硕大的黑色羽翼,冲天而起,撞飞空中许多的龙凤鹰鸢。他想脱离战场,却不料碰到了一张无形的网——类似更强大的结界,冲突不出。

轩辕的声音传来:"这是九天玄女授我的奇门遁甲,你只怕冲不出去的。"

轩辕以为不消几个时辰,就能伏住蚩尤,不想蚩尤的身体刚逾青铜，也是个无上兵器，仅凭冲撞，就伤了许多将兵。轩辕只能改为车轮战，想耗倒蚩尤，不想蚩尤可以吃泥土砂石充饥，继续冲阵不休……不知死了多少神人、神兽，耗时一个月，蚩尤才力竭倒下。

整个逐鹿之野，血流成河。

蚩尤的战斗相再也支撑不住，又变回蚩尤日常的俊朗青年的样子，只是那藤蔓依旧缠在他身上。

轩辕走下车来，在蚩尤面前蹲了下来，黯然道："你输了。"

蚩尤轻笑："你算什么东西？从头到尾都不敢与我公平一战。"

"我打不过你。"轩辕认真道，"小尤很厉害。但因为打不过你，我们就只能站在那等着被你杀掉吗？河水遇见不可逾越之山，就不前行了？以迂回之途，就可到达东海，这就是正道。这么简单的道理，你都不明白吗？"

"什么迂回？尽是虚伪。"

"天地之间,有曲有直。"

"我取直。血、战斗和力量,是最直接的。"蚩尤的声音低沉而平静。

"炎帝陛下最重好生之德。而你为何只执迷杀戮之道?"

"生死对立,恋生必然惧死。在恐惧中活着,真那么好活吗?迷恋死,渴望死,就像个伟大的战士,生或许才有些趣味。这不是你当年……教我的吗?"

"战斗不是一切呀,只是一种过于直接的手段。你看这天地万物,从外形到内质,可有哪一样是真正平直的?"

蚩尤冷笑:"你当年就是把我当作手段吧?"

"那时你心智过于单纯……"轩辕黯然,往事历历在目,"不争了。都过去了。女娲的死是可惜,但你也杀了过多的人。妹妹不在了,你还有姐姐……回来吧,我带你去接你姐姐,她一定会很高兴……"

"又摆这个嘴脸!"蚩尤鄙夷道,"什么都过去了?你不明白,在我眼里,女娲是无可替代的,独一无二的,是她唤醒了我，叫我看到了真相。我就是杀了你，还有风后，还有你那些部众，也抵不了她的万一……我只是意难平。"

"无所畏惧，才会无端杀戮，你看看这天地，被你毁坏成什么样子了？仅仅因为你心有不平？说起来，哪个生命不是独一无二的？但不过去，又能怎样？回来吧，我们毕竟都是家人。"

"不可能了，"蚩尤淡笑，"回不去了。"

"你的脑袋和心，也是青铜铸的吗？这世界该是柔和的，甚至有点混沌的，不能像青铜一般刚直，一般刚烈。"

"别说了，杀了我吧。"

轩辕摇头："为什么？"

"妭儿是我杀的。"蚩尤挑衅地盯着轩辕。

"真是你……"轩辕颤抖起来，"你杀了她？"

"总算有点人的气性了。"蚩尤笑，"是我。"

轩辕转身离去，慢慢爬上指南车，缓缓擂鼓。风后挥动令旗，嘴里喝道："射箭！"

五行阵里万箭齐发，连珠不停。射到所有箭用完，大家只能看见一个巨大的"刺猬"，一动不动。那个让所有人胆寒的战神，就此伏诛了？

众人不语，天地静默。

只见万箭一起脱落，遍落在地上，铺成厚厚的一层。蚩尤在哈哈大笑："你们杀不死我！我是战神，也是兵神，这个世界的兵器都会朝拜我，奉我为主，没有兵器可以杀死我。"

所有人发现，缠住蚩尤的藤蔓上，满布着箭孔，正在蚩尤的挣脱中一层层慢慢地碎裂。蚩尤正是借着箭威，冲破围困。

这个场面竟然让所有联军为之胆寒，他们和一个被藤蔓捆绑的蚩尤缠斗了一个月，如今他若真的挣脱了藤蔓……

风后也感到了绝望，忘记了挥动令旗。摆阵的联军已伤损了六七成，如果蚩尤破缚而出，就没有任何办法再挡住他了。

轩辕暗叹，天地真要翻覆了吗？内心默默向西王母祈祷。

藤蔓还在一层层地迸断。

天上传来一声尖锐的啸声，一头青鸟背负着九天玄女，在众人的头上盘旋。九天玄女一挥手，一把剑仿佛从太阳上落下，拖着耀眼的亮光，插在轩辕的脚边。轩辕心有感应，向九天玄女拜礼，一把拔出了长剑。

那剑很奇怪，非金非木，就像一枚尖锐的长牙。

轩辕大步走到正在挣脱最后一层藤蔓的蚩尤面前。蚩尤邪魅狂狷地笑着，竟有些迷人。

轩辕木然将剑一抵，刺入了蚩尤坚如青铜的胸膛，洞穿了蚩尤的心脏。

蚩尤惊愕极了，看着这剑竟像是骨头做的："这是什么剑？"

"西王母之牙，以后可唤作轩辕剑。"九天玄女不知何时站在了两人身边。

"又是这个老太太。"蚩尤大笑起来，还是没有半分恐惧，"好吧，你杀了我吧。"蚩尤挣出一只手来，摸着心口的剑，"这里……给妹妹抓过，一直都疼……现在好了，不疼了……"

蚩尤的眼神黯淡起来，又大又黑的眸子恢复到儿时一般混沌幽深的样子。他真看到了过去，低声道："姐夫，骗你的，我没杀妭儿……"慢慢倾倒。

轩辕也被一声"姐夫"，拉进了过去的回忆之中。那时他扛着小蚩尤在森林里奔跑，被蚩尤的火烧得一次次跳进湖里，看着蚩尤在黄昏第一次发挥出五色火龙，而妻子靠在他怀里流下欣喜的泪……

由着手里能刺破一切的轩辕剑，落在地上。

第十五章

铜鼎生烟

九天玄女走了。

走之前，看着轩辕一直抱着蚩尤，叹了一口气："你超越了炎帝，真正化解了愤怒之子的劫难。你知道昆仑山乃盘古之心所化吗？是为天地之心。昆仑山四周分喜、怒、哀、惧四峰，你知道正中是什么吗？"

轩辕茫然摇头。

"是宁静。你历过两情之喜，失爱之哀，战败之惧，丧女之怒……之后才能参透真正的平静，这便是心的历程，也是一个伟大帝王的历程。"话音犹在，九天玄女已不见了。

战神蚩尤，天地间噩梦一般的蚩尤，终于伏诛。

残破的江山也渐渐恢复了妩媚，焦土上百花绽放，再看不到一丝战争的痕迹。

天下归心，万部来朝。

轩辕被推为新帝，号黄帝。可能是世间最伟大的帝王了。

可是黄帝一点都高兴不起来，天下归心，心归哪里呢？心真的能平静吗？他孤单单地坐在阪泉之宫的高台上，这里曾经有甜蜜的记忆，可记忆里的人，如今没有一个站在他身边。

黄帝去迎过几次丽娱，都没有成功。年年送的礼物，据说都被堆在连山下，长满了绿苔。

这次黄帝送了一个特殊的礼物。他将蚩尤的青铜兵器和盔甲，铸成了一个青铜鼎，送到了连山。

丽娱收了。

看着这口"锅"，丽娱能想起蚩尤小时抱着空碗蹲在炉膛边的样子。丽娱手心燃起文火，不停地催烧鼎的表面，直到烧铸出一张脸的图案来，据说这是蚩尤的战斗相，被绣在无数的战旗上，被战士们崇拜。后人管这图案叫饕餮纹。

后来，几乎所有的青铜鼎上都有饕餮纹，那是因为丽娱知道，弟弟蚩尤最爱吃姐姐做的饭了。将饕餮纹铸在鼎（锅）上，等于她做什么菜，弟弟和小时候一样，都尝了第一口。

"小尤啊，尝尝姐姐的手艺。"丽娱喃喃地说。